21世纪中国高职高专美术·艺术设计专业
"精品课程"规划教材

Font Design

编著/薛冰焰

字体设计

北方联合出版传媒（集团）股份有限公司

辽宁美术出版社

21世纪中国高职高专
美术·艺术设计专业精品课程规划教材

总　主　编　范文南
总　策　划　范文南
副总主编　洪小冬
总　编　审　苍晓东　方　伟　光　辉　李　彤
　　　　　　王　申　关　立

编辑工作委员会主任　　彭伟哲
编辑工作委员会副主任
申虹霓　宋柳楠　童迎强　刘志刚
编辑工作委员会委员
申虹霓　宋柳楠　童迎强　刘志刚　苍晓东　方　伟
光　辉　李　彤　林　枫　郭　丹　罗　楠　严　赫
范宁轩　王　东　薛　丽　高　焱　高桂林　张　帆
王振杰　刘　时

印制总监
鲁　浪　徐　杰　霍　磊

图书在版编目（CIP）数据

字体设计／薛冰焰编著.—沈阳：北方联合书版传媒（集团）股
份有限公司　辽宁美术出版社，2011.5
ISBN 978-7-5314-4789-4

Ⅰ.①字…　Ⅱ.①薛…　Ⅲ.①美术字－字体－设计　Ⅳ.①
J292.13　②J293

中国版本图书馆CIP数据核字（2011）第073886号

出版发行　北方联合出版传媒（集团）股份有限公司
　　　　　辽宁美术出版社

经　　销　全国新华书店

地址　沈阳市和平区民族北街29号　　邮编：110001
邮箱　lnmscbs@163.com
网址　http://www.lnpgc.com.cn
电话　024-23404603

封面设计　范文南　洪小冬　彭伟哲
版式设计　彭伟哲　薛冰焰　吴　烨　高　桐

印刷
辽宁泰阳广告彩色印刷有限公司

责任编辑　彭伟哲　林　枫
英文翻译　卢　璐
技术编辑　徐　杰　霍　磊
责任校对　张亚迪
版次　2011年5月第1版　2011年5月第1次印刷
开本　889mm×1194mm　1/16
印张　8
字数　50千字
书号　ISBN 978-7-5314-4789-4
定价　49.00元

图书如有印装质量问题请与出版部联系调换
出版部电话　024-23835227

21世纪中国高职高专美术·艺术设计专业精品课程规划教材

学术审定委员会主任

苏州工艺美术职业技术学院院长　　　　　　　　　　廖　军

学术审定委员会副主任

南京艺术学院高等职业技术学院院长　　　　　　　　郑春泉
中国美术学院艺术设计职业技术学院副院长　　　　　夏克梁
苏州工艺美术职业技术学院副院长　　　　　　　　　吕美利

学术审定委员会委员

南京艺术学院高等职业技术学院艺术设计系主任　　　韩慧君
南宁职业技术学院艺术工程学院院长　　　　　　　　黄春波
天津职业大学艺术工程学院副院长　　　　　　　　　张玉忠
北京联合大学广告学院艺术设计系副主任　　　　　　刘　楠
湖南科技职业学院艺术设计系主任　　　　　　　　　丰明高
山西艺术职业学院美术系主任　　　　　　　　　　　曹　俊
深圳职业技术学院艺术学院院长　　　　　　　　　　张小刚
四川阿坝师范高等师范专科学校美术系书记　　　　　杨瑞洪
湖北职业技术学院艺术与传媒学院院长　　　　　　　张　勇
呼和浩特职业学院院长　　　　　　　　　　　　　　易　晶
邢台职业技术学院艺术与传媒系主任　　　　　　　　夏万爽
中州大学艺术学院院长　　　　　　　　　　　　　　于会见
安徽工商职业学院艺术设计系主任　　　　　　　　　杨　帆
抚顺师范高等专科学校艺术设计系主任　　　　　　　王　伟
江西职业美术教育艺术委员会主任　　　　　　　　　胡　诚
辽宁美术职业学院院长　　　　　　　　　　　　　　王东辉
郑州师范高等专科学校美术系主任　　　　　　　　　胡国正
福建艺术职业学院副院长　　　　　　　　　　　　　周向一
浙江商业职业技术学院艺术系主任　　　　　　　　　叶国丰
无锡职业技术学院数字艺术设计系主任　　　　　　　朱建成

联合编写院校委员（按姓氏笔画排列）

丁　峰	马金祥	孔　锦	尤长军	方　楠	毛连鹏
王　中	王　礼	王　冰	王　艳	王宗元	王淑静
邓　军	邓澄文	韦荣荣	石　硕	任　陶	刘　凯
刘雁宁	刘洪波	匡全农	安丽杰	朱建军	朱小芬
许松宁	何　阁	余周平	吴　冰	吴　荣	吴　群
吴学云	张　芳	张　峰	张远珑	张礼泉	李新华
李满枝	杜　娟	杜坚敏	杨　海	杨　洋	杨　静
邱冬梅	陈　新	陈　鑫	陈益峰	周　巍	周　箭
周秋明	周燕弟	罗帅翔	范　欣	范　涛	郑祎峰
赵天存	凌小红	唐立群	徐　令	高　鹏	黄　平
黄　民	黄　芳	黄世明	黄志刚	曾传珂	蒋纯利
谢　群	谢跃凌	蔡　笑	谭建伟	戴　巍	

学术联合审定委员会委员（按姓氏笔画排列）

丁耀林	尤天虹	文　术	方荣旭	王　伟	王　斌
王　宏	韦剑华	冯　立	冯建文	冯昌信	冯顾军
卢宗业	刘　军	刘　彦	刘升辉	刘永福	刘建伟
刘洪波	刘境奇	许宪生	孙　波	孙亚峰	权生安
宋鸿筠	张　省	张耀华	李　克	李　波	李　禹
李　涵	李漫枝	杨少华	肖　艳	陈　希	陈　峰
陈　域	陈天荣	周仁伟	孟祥武	罗　智	范明亮
赵　勇	赵　婷	赵诗镜	赵伟乾	徐　南	徐强志
秦宴明	袁金戈	郭志红	曹玉萍	梁立斌	彭建华
曾　颖	谭　典	潘　沁	潘春利	潘祖平	濮军一

序 >>

当我们把美术院校所进行的美术教育当做当代文化景观的一部分时，就不难发现，美术教育如果也能呈现或继续保持良性发展的话，则非要"约束"和"开放"并行不可。所谓约束，指的是从经典出发再造经典，而不是一味地兼收并蓄；开放，则意味着学习研究所必须具备的眼界和姿态。这看似矛盾的两面，其实一起推动着我们的美术教育向着良性和深入演化发展。这里，我们所说的美术教育其实有两个方面的含义：其一，技能的承袭和创造，这可以说是我国现有的教育体制和教学内容的主要部分；其二，则是建立在美学意义上对所谓艺术人生的把握和度量，在学习艺术的规律性技能的同时获得思维的解放，在思维解放的同时求得空前的创造力。由于众所周知的原因，我们的教育往往以前者为主，这并没有错，只是我们更需要做的一方面是将技能性课程进行系统化、当代化的转换；另一方面需要将艺术思维、设计理念等这些由"虚"而"实"体现艺术教育的精髓的东西，融入我们的日常教学和艺术体验之中。

在本套丛书实施以前，出于对美术教育和学生负责的考虑，我们做了一些调查，从中发现，那些内容简单、资料匮乏的图书与少量新颖但专业却难成系统的图书共同占据了学生的阅读视野。而且有意思的是，同一个教师在同一个专业所上的同一门课中，所选用的教材也是五花八门、良莠不齐，由于教师的教学意图难以通过书面教材得以彻底贯彻，因而直接影响到教学质量。

学生的审美和艺术观还没有成熟，再加上缺少统一的专业教材引导，上述情况就很难避免。正是在这个背景下，我们在坚持遵循中国传统基础教育与内涵和训练好扎实绘画（当然也包括设计摄影）基本功的同时，向国外先进国家学习借鉴科学的并且灵活的教学方法、教学理念以及对专业学科深入而精微的研究态度，辽宁美术出版社会同全国各院校组织专家学者和富有教学经验的精英教师联合编撰出版了《21世纪中国高职高专美术·艺术设计专业精品课程规划教材》。教材是无度当中的"度"，也是各位专家长年艺术实践和教学经验所凝聚而成的"闪光点"，从这个"点"出发，相信受益者可以到达他们想要抵达的地方。规范性、专业性、前瞻性的教材能起到指路的作用，能使使用者不浪费精力，直取所需要的艺术核心。从这个意义上说，这套教材在国内还是具有填补空白的意义。

21世纪中国高职高专美术·艺术设计专业精品课程规划教材系列丛书编委会

目录 contents

序

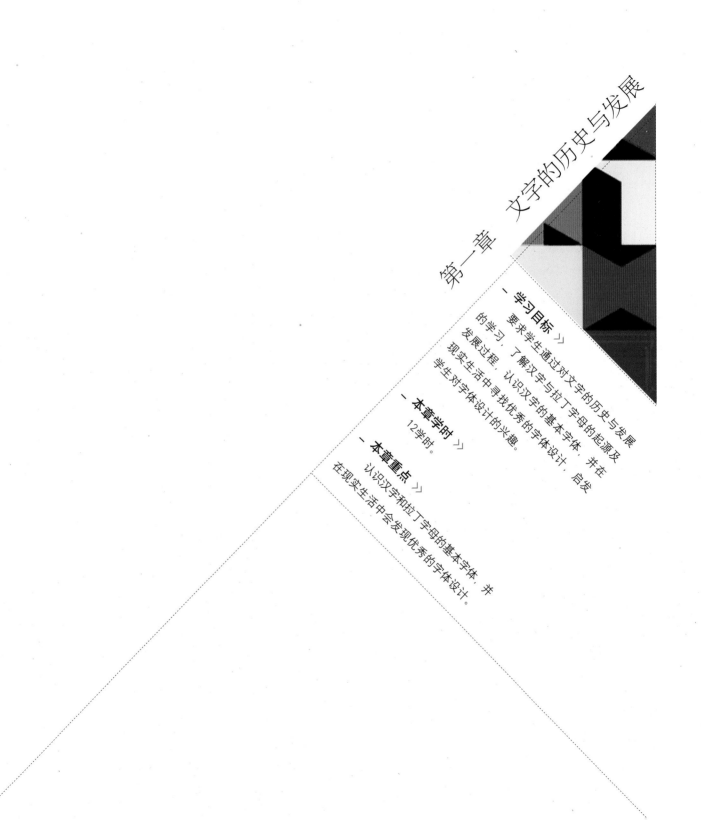

第一章 文字的历史与发展

学习目标 》

要求学生通过对文字的历史与发展的学习，了解汉字与拉丁字母的起源及发展过程，认识汉字的基本字体，并在现实生活中寻找优秀的字体设计，启发学生对字体设计的兴趣。

本章学时 》

12学时。

本章重点 》

认识汉字和拉丁字母的基本字体，并在现实生活中会发现优秀的字体设计。

第一章 文字的历史与发展

第一节 ///// 汉字的起源

人类社会之初，因生产力极低，为了生存的需要，人们不得不采用原始简陋的生产工具，同大自然斗争。为了交流思想、传递信息，语言应运而生。但是，语言一瞬即逝，既不能保存，也无法传递到较远的地方，而且，单靠人的大脑记忆是不行的。于是，产生了原始的记事方法"结绳记事"和"契刻记事"。

不管结绳记事是用多少根绳子横竖交叉，那只是一种表示、一种记录数字或方位的一些简单概念，属于一种表意形式。它可看成是文字产生前的一个孕育阶段，但它绝对不可能演变成文字，更不是文字的产生。

文字的产生，本来就是很自然的，几万年前旧石器时代的人类，已经有很好的绘画本领，这些画大抵是动物和人像，这是文字的前驱。然而只有在"有了较普通、较广泛的语言"之后，才有可能图画转变成文字。也就是当有人画了一只虎，大家见了才会叫它为"虎"。久而久之，大家约定俗成。随着时间的推移，这样的图画越来越多，画得也就不那么逼真了。这样的图画逐渐向文字方向移转，变成文字符号的图画文字。图画文字进一步发展成原始的文字——象形文字。

公元1899年在河南省安阳县发现的龟甲和兽骨上面的文字是现今能看到的最古老的商代甲骨文，到现在已有了3000多年的历史。因为安阳是殷的京城旧址，所以甲骨文又称"殷墟"文字。 甲骨文是刻在龟甲和兽骨上的文字，是当时记载占卜吉凶的卜文。稍后的金文是铸在青铜器上的铭文。两者合称甲金文。这两种文字是一种脱胎于图画的符号文字，其中仍有一些和图画一样的象形文字，十分生动。

到了西周后期，汉字发展演变为大篆。大篆的发展结果产生了两个特点：一是线条化，早期粗细不匀的线条变得均匀柔和了，它们随实物画出的线条十分简练生动；二是规范化，字形结构趋向整齐，逐渐离开了图画的原形，奠定了方块字的基础。

图1-1-1 甲骨文

图1-1-2 甲骨以及甲骨文

图1-1-3 西周大篆

后来秦朝丞相李斯对大篆加以去繁就简，改为小篆。小篆除了把大篆的形体简化之外，并把线条化和规范化达到了完善的程度，几乎完全脱离了图画文字，成为整齐和谐、十分美观的基本上是长方形的方块字体。但是小篆也有它自己的根本性缺点，那就是它的线条用笔书写起来是很不方便的，所以几乎在同时也产生了形体向两边撑开成为扁方形的隶书。

图1-1-4 秦朝《泰山刻石》（公元前219）小篆

图1-1-5 秦朝《泰山刻石》
（公元前219）小篆

图1-1-6 上林鼎铭文 古隶

古隶是由小篆走向今隶的过渡字体，也是古文字时代向今文字时代过渡的桥梁。它的特点是把小篆粗细相等的均匀线条变成平直有棱角的横、竖、点、撇、捺、挑、钩等的笔画，用笔书写起来方便多了。例如小篆的圆形很难写，古隶写成平直方正的口，就好写多了。同时它放弃了小篆随实物画出来的象形文字的形体，使得在秦代以前象形兼表义的文字转变为表义兼表音的文字，并使从这以后2000余年来的汉字形体开始定型。

随后，糅合了隶书和草书而自成一体的真书在唐朝开始盛行。真书也叫做正书和楷书。在西汉宣帝时开始萌芽，东汉末成熟，魏以后兴盛起来。从认识真书的人也能读今隶这一点来看，真书是从今隶直接演变而来的。它们在形体结构上区别不大，只是用笔的方法不同，真书在笔画上平稳，放弃了今隶波动的波势挑法，在形体结构上打破了今隶的平直方正，变八字形的扁方形为永字形的正方形，从字势来看，今隶向外散开，真书向里集中，形成了今天的汉字形体。

图1-1-7 《汉鲁相乙瑛请置孔庙百石卒史碑》（公元153年）隶书

宋代"兴文教，抑武事"，文化呈现出前所未有的繁荣昌盛景象。印刷出版业在宋代进入了黄金时代，雕版印刷兴旺，刻书中心发展较快，汉字进一步完善和发展，活字印刷发明，产生了一种新型书体——宋体印刷字体。印刷术发明后，刻字用的雕刻刀对汉字的形体发生了深刻的影响，产生了一种横细竖粗、醒目易读的印刷字体，后世称为宋体。元、明大量翻刻宋本，宋体字在明代确立。宋体字便于书写和刻写，字体美观端庄，适应了印刷出版业的行业操作要求，成为宋代文化造极的见证者。

图1-1-8 《真书千字文》

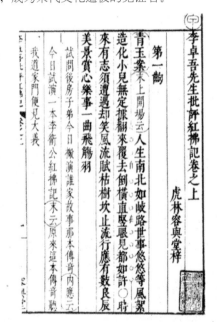

图1-1-10 《红拂记》宋体

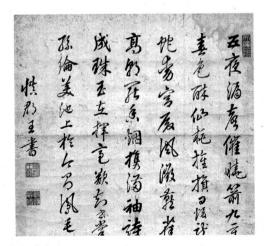

图1-1-9 行书

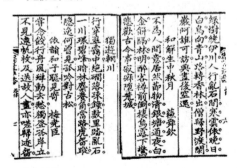

图1-1-11 宋代刻本

在中国文字发展的历史长河中，各个历史时期所形成的各种字体，有着各自鲜明的艺术特征。如篆书古朴典雅，隶书静中有动，富有装饰性，草书风驰电掣、结构紧凑，楷书工整秀丽，行书易识好写，实用性强，且风格多样，个性各异。

汉字的演变是从象形的图画到线条的符号和适应毛笔书写的笔画以及便于雕刻的印刷字体，它的演进历史为我们进行中文字体设计提供了丰富的灵感。在文字设计中，如能充分发挥汉字各种字体的特点及风采，运用巧妙，构思独到，定能设计出精美的作品来。

第二节 ///// 拉丁字母文字的历史

拉丁字母是按照语音记录语言，从A到Z顺着一定次序排列的26个一套的拼音字母。它也叫做阿尔发倍特（Alphabet），这是因为古代希腊人把A叫做阿尔发（Alpha），把B叫做倍它（Beta），两个字母连在一起叫做阿尔发倍特的缘故。是把开头几个字母代表整套字母的意思，拉丁字母又叫做ABC就是这个道理。

拉丁字母起源于图画，它的祖先是复杂的埃及象形文字。大约6000年前在埃及产生了每个单词有一个图画的象形文字。从这里开始了拉丁字母历史有现实意义的第一页。

两河流域的苏美尔人很早时候便学会利用木片在湿形泥板上进行雕刻绘画，即所谓的楔形文字，大约出现在公元前3000年。在公元前2000年前的时候发展较为成熟。著名的泥板文字当属汉谟拉比法典，是公元前1795至公元前1792年之间的作品。从中可以看出，文字排列规范并伴有垂直线条进行分割画面，因此具备了现代平面设计的基本样式。

图1-2-2 苏美尔人的楔形文字

图1-2-3 汉谟拉比法典

图1-2-1 岩画

图1-2-4 埃及象形文字

音与象形结合的方式也使得现在对埃及文字的研究变得相当的费事。古埃及人发展出来一系列数百个符号与图形，这些代表完整的字句或话语，有些也代表声音。埃及人借着这些组合符号传达信息获得沟通的目的。

在后来的使用中，象形文字已经明显地很难表达愈来愈抽象的含义，因此，他们学习苏美尔人的表音文字，把拼音和象形的符号结合使用，逐步发展以后，埃及的象形文字本身就变成了表音符号。这种表

图1-2-6 象形符号发音对照

Ancient Egyptian Hieroglyphs

You can use hieroglyphs to spell your name. Cut out the symbols for your name and glue them to another sheet of paper. What else can you spell?

vulture a as in apple	foot b as in boy	folded cloth c, s, z as in cent, sit, zoo	tethering rope ch as in chair	hand d as in dog	2 flowering reeds e, y as in eat, silly you
horned viper f, v as in far, very	jar stand g as in girl	reed shelter h as in hello	flowering reed i, e as in it, end	snake g, j as in gym, jump	basket with handle c, k as in cat, kite
lion l as in lion	owl m as in man	water n as in new	lasso o as in old	stool p as in pig	hill q as in queen
mouth r as in rabbit	pool sh as in shout	loaf t as in toy	quail chick u, w as in ugly, water	woman no sound—used at the end of a name to tell if it was a man or a woman	man

NOVEMBER/DECEMBER 1997
©1997 Copycat Press, Inc.

图1-2-5 埃及象形符号

在公元前1500～公元前1000年左右，地中海东岸勃起的腓尼基人，因与埃及人有过交易，饱学的僧侣们于是把简单的象形文字，改写成有秩序的字母，一套不用图形的书写系统，使用符号（字母）代表声音而非意念，具有相当的抽象概念。他们约在公元前1000年已充分地使用那些字母。这对其商业交易帮助很大，并渐渐发展出一套22个字元的字母群。

　而希腊人也因与腓尼基人交易，进而认识了字母，由于希腊人文化水准高，他们还发明了表达母音的文字，并把各个字母加以整理与美化。同时把腓尼基人由右至左的读法改成横写的由左至右。这就是现代西洋文字左起横写的起源。

公元前1世纪，罗马实行共和时，罗马人也同样需要一套实用的书写系统，他们借用大部分的希腊字母并加以修改以便符合需要，改变了直线形的希腊字体，采用了拉丁人的风格明快、带夸张圆形的23个字母。约在公元114年时罗马的23个字母已相当完美。

图1-2-7　腓尼基字母

罗马字母时代最重要的，是公元1到2世纪与古罗马建筑同时产生的在凯旋门、胜利柱和出土石碑上的严正典雅、匀称美观和完全成熟了的罗马大写体。它们是先用一把扁笔形的金属或骨制薄片写在石头上，再精工雕刻成的。最典型的是图拉真（古罗马帝国的皇帝）纪念柱上的碑文，文艺复兴时期的艺术家们称赞它是理想的古典形式，直到今天还能给它这个

荣誉，并把它作为学习古典大写字母的范体。它的特征是字脚的形状与纪念柱的柱头相似，与柱身十分和谐，字母的宽窄比例适当美观，构成了罗马大写体完美无瑕的整体。

与此同时，日耳曼人也在羊皮纸和巴比洛斯纸（莎草做成的纸）上写字。产生了与碑铭体相似但捎带圆意和能较快书写的鲁斯梯卡字体，由于大写字母不宜流畅书写，它远不及碑铭体美观。

从大写字母向小写字母过渡的是公元4到7世纪的安色尔字体。为了适应迅速流畅的书写，它的直线改成了曲线，有些字母省掉了一部分笔画。例如，B省为b，H省为h。后来有些字母不容易互相区别了，又把一些字母的笔画拉长，例如，D写成d，Q写生q，这样一来，许多字母就有了上半部和下半部的形体。

第二个重要阶段是小写字母的形成。公元8世纪法国卡罗林王朝产生了卡罗林小写体，传说它是查理第一委托英国学者凡·约克在法国进行文字改革整理出来的。它比过去的文字写得快，又便于阅读，因为当时产生了词的间隔和标点符号，并用羽毛笔代替苇笔写字，羽毛笔富有弹性，在起落笔上能通过一定的加压使字脚和肩关节得到明显的印记，从而加强了音节和单词中字母的联系，阅读起来更方便了。它作为当时最美观实用的字体，对欧洲的文字发展起了决定性的影响，形成了自己的黄金时代。

从13世纪开始，哥特式艺术风格对欧洲的文字形式发生了深刻的影响。与耸立、向上的建筑风格相似，小写字母的线条向中间聚拢成并列的直线，到处折裂成尖角，O写成六角形，行距缩小，整页的文字好像一张灰色的字毯，后期哥特体字母因此得到了退克思吐尔的名字，意思是织物。为了与其他字体区别，一般也叫它折裂字体。罗马大写体只有大写字母，卡罗林小写体也只有小写字母，它们都是自成一体的。现任瘦长的大写体鲁斯梯卡和也是瘦长的哥特体小写字母融洽地放到了一起，一些太亮的大写字母被写成

花体字或加上双线，使它们与灰色字毯的风格统一起来。当时在教堂中抄写圣经的僧侣又把哥特体加上了烦琐的装饰纹样，使得书写和阅读都很不方便。

图1-2-8　哥特字体

15世纪中叶德国人谷腾堡发明铅活字印刷，对拉丁字母形体的发展起了极为重要的影响。原来的一些连写的字母被印刷活字解开了，除钢笔外，刻字刀也参加了字母形体的塑造，开创了拉丁字母的新风格。

拉丁字母历史中最有趣和收获最大的是文艺复兴时期。正当中欧和北欧被折裂的哥特字体统治的时候，流传下来的罗马大写体和卡罗林小写体首先在意大利等国家得到了重视。与哥特小写体相反，卡罗林小写体经过了不断的改进，这时得到了宽和圆的形体，形成了古文字小写体，它活泼的线条与罗马大写体娴静的形体之间的矛盾也得到了完美的统一。

斜体字母的产生是由于快速书写而自然形成的，并得到了盘旋飞舞的装饰线条。早期斜体字母的大斜体还是直立的，这是为了保持它祖先的风格，到后来大写体和小写体，以及阿拉伯数字才都统一在同一个方向上。意大利人格列福设定了世界上第一套斜体活字，它比直立的字母有着明朗和欢畅的风格。后来斜体字母根据它的发源地也叫做意大利体。最初它是一种独立的书籍字体，稍后发展为加重语气和标题的字体，并失去了它许多旋舞的线条。

除了大写体和小写体之外，拉丁字母的第三个组成部分——阿拉伯数字早在11世纪从印度经过阿拉伯传到了欧洲，这时它已基本上形成了像今天这样的形状，并在书写风格上与拉丁字母取得了一致。

过去，写字是用眼睛来衡量字母的比例尺度和协调美观的，这时的书法家为了提高字母的艺术质量，根据自然界的一些规律，例如人体比例和建筑形状等，对字母各部分比例的尺度作了分解和规定，并把字脚的拐弯用三角板和圆规画出了精确的形状，这种方法给后来学习的人提供了研究的依据。

文艺复兴字体中最成熟的是法国人加拉蒙（Claude Garamond）的同名字体，它的纤细的字脚和头发似的细线构成了明快畅亮的调子，优雅而亲切，在易读性、美观性和装饰效果上也十分成功，今天许多国家仍把它作为最常用的字体。16世纪到18世纪是拉丁字母的巴洛克时期。这时刻字刀成为字母造型的重要工具，使字母的形体有了很大的变化，原来活泼的线条和几何圆形困难于雕刻而被淘汰了，代替它的是头发似的细线，圆形的字脚也改成了笔直的短线。另一方面，豪华烦琐的巴洛克艺术风格对拉丁字母有明显的影响，在字母上添加了许多繁华的装饰纹样，归纳起来有：

1. 回旋纹和拱形
2. 花体大写字母
3. 装饰纹样铅字

巴洛克字体最有代表性的是英国人卡斯龙（Willianm Caslon）的同名字体，粗细线条对比强烈，明朗舒畅，是文艺复兴之后古典主义之前的过渡字体，它不像加拉蒙的古老，也不像波多尼的刻板，因为它适合排印任何文体的书籍，所以也是今天最常用的字体。

18世纪法国大革命和启蒙运动以后，新兴资产阶级提倡希腊古典艺术和文艺复兴艺术，产生了古典主义的艺术风格。在字体艺术中的反映是反对巴洛克和洛可可烦琐的装饰纹样，另一方面，刻字刀仍起着主要的作用，工整笔直的线条代替了圆弧形的字脚，法国的这种审美观点影响了整个欧洲。

法国最著名的字体是迪多（Firmin Didot）的同名字体，更加强调粗细线条的强烈对比，朴素，冷严但又不失机灵可亲。迪多的这种艺术风格符合了法国大革命的精神，是有现实意义的。在意大利，享有"印刷者之王"和"王之印刷者"称号的波多尼（Giambattista Bodoni）的同名字体和迪多同样有

强烈的粗细线条对比，但在易读性与和谐上达到了更高的造诣，因此今天仍被各国重视和广泛地应用着。它和加拉蒙、卡思龙都是属于拉丁字母中最著名的字体。

总的说来，罗马的奴隶制度产生了罗马大写体，年轻的封建社会创造了罗卡林小写体，文艺复兴时期取得了大写体和小写体的结合，新兴的资产阶级获得了古典主义字体。

埃及象形文字	
腓尼基亚字母	
古希腊字母	
古罗马字母	TVS·CPLDEK·MN
安塞尔字体	Sepmmusbicnobisads
卡罗琳小写字体	
迪多体	ABCDEFGHIJKLMN
波多尼体	ABCDEFGHIJKL

图1-2-9　拉丁字母发展演变一览表

图1-2-10　26个字母

第三节 ///// 现代文字设计的发展

现代字体设计理论的确立，得益于19世纪30年代在英国产生的工艺美术运动和20世纪初具有国际性的新美术运动，它们在艺术和设计领域的革命意义深远。现代建筑、工业设计、图形设计、超现实主义及抽象主义艺术都受到其基本观点和理论的影响。"装饰、结构和功能的整体性"是其强调的设计基本原理。19世纪末20世纪初，源自欧洲的工业革命在各国引发了此起彼伏的设计运动，推动着平面设计的发展，同时也促使字体设计在很短的二三十年间发生了许多重大的发展和变化。工艺美术运动和新艺术运动

都是当时非常有影响力的艺术运动。它们在设计风格上都十分强调装饰性，而这一时期字体设计的主要形式特点也体现在这个方面。

图1-3-1　艾克曼体

图1-3-2　莫斯设计的字体标志

20世纪20年代在德国、俄国和荷兰等国家兴起的现代主义设计浪潮提出了新字体设计的口号，其主张是：字体是由功能需求来决定其形式的，字体设计的目的是传播，而传播必须以最简洁、最精练、最有渗透力的形式进行。现代主义也非常强调字体与几何装饰要素的组合编排，从包豪斯到俄国的构成主义设计作品都运用了各种几何图形与字体组合的方法。

图1-3-3 各种字体组成的图形

Helvetica是一种广泛使用的西文字体，它是一款已经超过50年历史的字体，是瑞士图形设计师马克斯·米耶丁格（Max Miedinger）于1957年设计的。Helvetica是苹果电脑的默认字体，微软常用的Arial字体也来自于它。2007年是Helvetica诞生50年，作为在平面设计和商业上非常普及和成功的一款字体，英国导演Gary Hustwit专门为她拍摄了一部纪录片《Helvetica》，在设计界还引起了一阵小小的旋风，可见其对于无称线字体有着重要的意义。

Meet the cast:

ABCD EFGHIJK LMNOP QRSTUV WXYZ

Now see the movie:

Helvetica

A documentary film by Gary Hustwit

图1-3-4 《Helvetica》电影海报

图1-3-5 运用Helvetica体的著名标志

20世纪50年代到60年代，现代主义在全世界产生了重大的影响，以国际字体为基础字体的设计更加精致细腻。随着照相排版技术的发展，进一步使字体的组合结构产生新的格局。60年代中期以后，世界文化艺术思潮发生了巨大的变化，新的设计流派层出不穷。他们的一个共同特点是反对现代主义设计过分单一的风格，力图寻找新的设计表现语言和方式。在字体设计方面许多设计家运用了新的技术和方法，在设计风格上出现了多元化的状况。

图1-3-6　国外字体设计

图1-3-8　国外字体设计

图1-3-7　Smcs标志视觉系统设计　experimental jetset

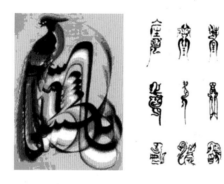

图1-3-9　民间鸟虫书

中国汉字经过三千多年的发展形成了相当成熟的文字图画风格，它巧妙地结合了民间剪纸、木刻版画、陶瓷彩绘、漆艺工艺等多种喜闻乐见的工艺制作形式，表现技巧高超，意韵丰富，暗含了劳动人民对生活的热爱。人们亲切地称为吉祥文字。主要包括板书、瓦当字、铜钱字、蝌蚪文、鸟篆文等，它们大都使用了谐音、会意、象形的手法，将"福"、"喜"字进行图画表达。

图1-3-10　"热忱沸腾"字体设计　吉吉

20世纪80年代以来，电脑技术不断完善，在设计领域逐步成为主要的表现与制作工具。在这个背景下，字体设计出现了许多新的表现形式。利用电脑的各种图形处理功能,将字体的边缘、肌理进行种种处理,使之产生一些全新的视觉效果。最后是运用各种方法,将字体进行组合,使字体在图形化方面走上了新的途径。

新的文字设计发展潮流中有几种引人注目的倾向:

首先是对手工艺时代字体设计和制作风格的回归,如字体的边缘处理得很不光滑,字与字之间也排列得高低不一,然后加以放大,使字体表现出一种特定的韵味。

图1-3-13 巴黎国际艺术城海报 毕学锋

图1-3-11 "整体城市计划"字体设计

其次是对各种历史上曾经流行过的设计风格的改造。这种倾向是从一些古典字体中吸取优美的部分加以夸张或变化,在符合实用的基础上,表现独特的形式美。如一些设计家将歌德体与新艺术风格的字体简化,强化其视觉表现力度,并使之具有一些现代感。

图1-3-12 国外字体设计 Craig Ward

图1-3-14 海报设计 Dmitrii Zhakarov

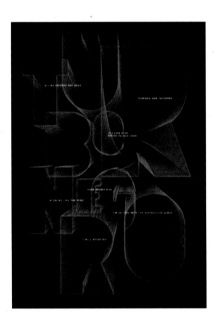

图1-3-15 海报设计 Philippe Apeloig

图1-3-17 海报设计 Remo Caminada

还有的将强调曲线的早期新艺术运动的字体加以变化，使其具有光效应艺术的一些视觉效果。

同时也产生了不少追求新颖的新字体，普遍现象是字距越来越窄，甚至连成一体或重叠，字形本身变形也很大，有些还打破了书写常规，创造了新的连字结构，有的单纯追求形式，倾向于抽象绘画的风格。

图1-3-16 海报设计 Remo Caminada

图1-3-18 "Mayer"招贴设计 Karel Martens

图1-3-19 《TOKYOTO》海报设计 Shinnoske Sugisak

图1-3-20 海报设计 工藤良平

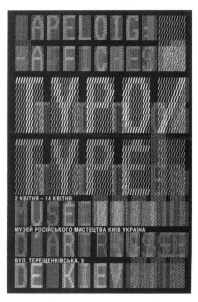

图1-3-21 海报设计 Philippe Apeloig

课题训练

1. 认识汉字的基本字体及演变过程

以下图为例，试寻找例举某一汉字的演变过程（甲骨文—篆书—隶书—楷书—简化字）。

甲骨文	小篆	隶书	楷书	简化字
魚	魚	魚	魚	鱼
馬	馬	馬	馬	马
冊	冊	冊	冊	冊

2. 寻找生活中的事物进行26个字母的设计

以下图为例，试在生活中寻找26个字母并拍摄。

第二章　字体的基本结构和形式特点

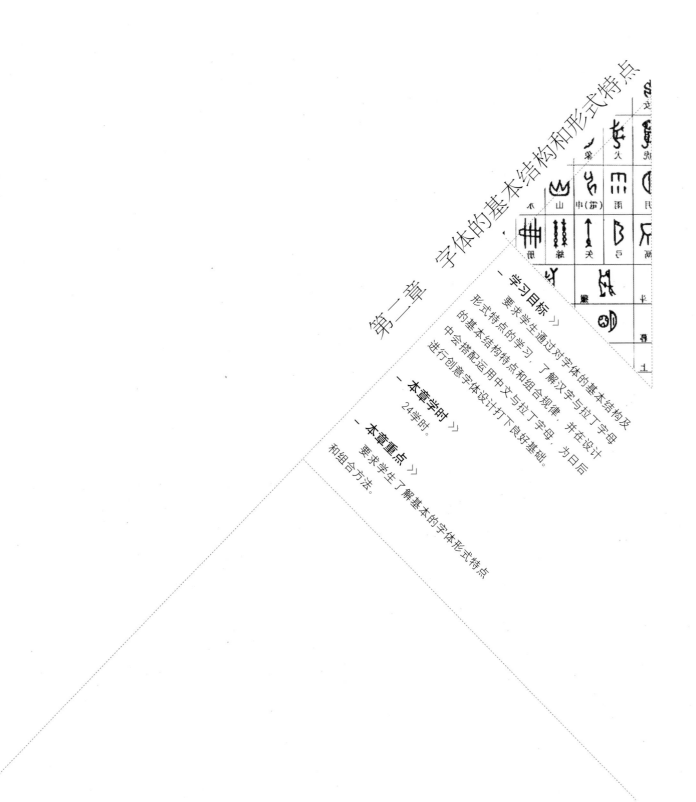

学习目标》

要求学生通过对字体的基本结构及形式特点的学习，了解汉字与拉丁字母的基本结构特点和组合规律，并在设计中会搭配运用中文与拉丁字母，为日后进行创意字体设计打下良好基础。

本章学时》

24学时。

本章重点》

要求学生了解基本的字体形式特点和组合方法。

第二章 字体的基本结构和形式特点

第一节 //// 汉字的基本构造与形式特点

一、汉字的构造

中国的文字，由象形、指事、形声、会意、转注、假借六种文字组成。这六种文字，即通常人们所说的"六书"，是古代文字学学者分析汉字构造及其使用归纳出来的组成全部汉字的六种条例。中国文字创造之初，与埃及相同，都是由图画、象形文字演化而来的。但其进化情况却与埃及有别。几千年来，中国文字的演化、进展，始终维持着原始的绘画或符号内容，是沿着原始的、文字诞生时所创的路径前进的。只是在形成更多文字时，在原有文字构成的基础上，加以种种组合，以求形成更多的文字，这在世界文化史上是独一无二的。

图2-1-1 甲骨文构造例图

汉字的构成极其巧妙，记住字形和字义亦不觉困难。战国时期，从构字理论上，把汉字归纳为"六书"。这作为构字方法的"六书"是：

1. 象形

这种构字方法，是指字的形状是仿照事物的形状书写而成的，即所谓"摹书实物之形而为之"。因此，象形文字是"画成其物，随体诘诎"，如日、月、山、水四个字，就是模仿日、月、山、水之形书写并逐渐演化而来的（参见甲骨文构造例图）。而这日、月、山、水的象形字，仍保留着原始的绘画特征，反映着自然界这四种实物的真实形象。

2. 指事

"指事"这种构字方法，是用文字来反映事物的真实状况的，即所谓"各指其事以为之"。因此，用这种方法构成的汉字是"视而可识，察而见意"。如人在其上写作"上"，人在其下写作"下"。

3. 形声

"形声"文字，由形、声两部分组成。一部分表形，另一部分表声。例如，"河"、"湖"二字，均以"水"为形，字义与水有关；而后半字的"可""胡"，则与读音相同或相近。

4. 会意

"会意"字的构成原则，是将两个原有字的字义联系起来而派生出来一个新的字义，从而产生一个新字。即"会合人的意思也"。如"人"字和"言"字合并成"信"字，意思是言而有信；八（古义为违背，当背讲）字和厶字合在一起，构成一个"公"

字，意思是"背私为公"。类似信、公这种字，均属会意字。

5．转注

"转注"的含义在于用两个字互为注释，彼此同意而不同形。例如"考"、"老"二字，古时考可作"长寿"讲，"老"、"考"相通，意义一致，即所谓"老者考也，考者老也"。古诗云："周王寿考。"苏轼《屈原塔》诗有"古人谁不死，何必较考折。"一语。其中的"考"皆"老"意。故这类字称为转注字。

6．假借

"假借"字，简言之，即一字两用。原来本无此字，然而有些新的意义又无字表达，于是就把这种新的尚无字可以表达的意义赋予一个原有的字，即所谓"本无此字，依其托事"。如借用当小麦(古意)讲的"来"字，作来往的"来"；借当毛皮讲的"求"字，作请求的"求"即是。

汉字构成的"六书"之说，是古代文字学学者对汉字构成进行分析、归纳出来的字学理论。它所包含的汉字及其构成方法，是在文字发展史上长期实践中逐渐演化而成的，不会是哪一个人独立创造的。至于"六书"之说本身，其分类法和所举例证，尚有不少欠妥之处，历代文字学家有不少分歧意见和评注。

图2-1-2 象形字"人"象形字"山"

图2-1-3 左边是象形字"刀"，加一点，就成为"刃"字

图2-1-4 上面是表示树木的"木"字，如需要表示树根，就在木的下部加3个圆圈，这个字念"本"，其本义就是树根

了解了六书后还必须知道汉字文字还包括了许多不同的形态织体结构，如：应用永字八法中的"点、横、竖、撇、捺、挑、钩、折"组织文字的结构。在组织方法上主要可分为左右构成，上下构成，左右和上下构成，左右或上下三分所构成的文字。而文字的外部形态上又可分为正方形文字，长方形文字，六角形文字，五角形，三角形，菱形。

图2-1-5 永字八法图

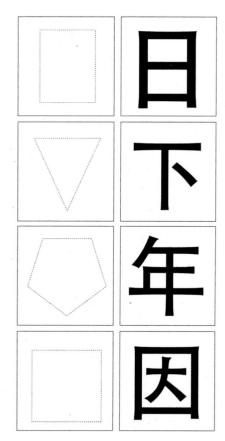

图2-1-6 汉字造字形态图

应产生了史字的生命力，形成节奏和韵律，只有当成组的线条按照一定的规律和视觉心理构成完美的整体时，才能产生优美和谐富有艺术感染力的字体。

1. 上紧下松

人的眼睛，善于辨认一切东西。如方、圆，长、扁、黑、白，等等，甚至很微小的东西都能通过眼睛辨认出来。但也有受骗的情况，例如在一个长方形的框子中让眼睛找出一个中心，做上记号，称为"视觉中心"，然后在四角画两条对角线，相交之处叫做"绝对中心"（也叫几何中心），将会发现视觉中心比绝对中心高一点点。这种现象叫做"错觉"。是自然界最重要的法则之一万有引力定律的反映。在字体设计中这种错觉现象是随时可见的。人的身材要上半身短，下半身长，看上去才觉得舒服，反之会觉得矮短粗笨、头重脚轻。字体设计也是如此，要把中心定在视觉中心上，使字的上半部紧凑些、下半部宽畅些，才符合审美心理的需要。

2. 横细竖粗

在汉字中，横画多于竖画。在书写上就形成了横细竖粗。宋体横画细，竖画粗，最为明显。黑体虽是所有笔画粗细，但实际上横画要比竖画稍细一点。这里同样存在错觉现象，同样粗细的一条横线和一条竖线，看上去横线比竖线粗一点，这可能与人的双眼横向生长的生理现象有关，看横线比较集中和醒目，所以如果不把横画减弱些，就会粗笨难看了。

3. 主副笔画

汉字是由横、竖、点、撇、捺、挑钩等基本笔画组成的，它是从书法中永字八法的基本笔画延伸出来的，是创造优美字体的基础。我们把其中起支撑作用的叫主笔画，不起支撑作用的叫副笔画。前者占主要地位，后者占次要地位。我们可以不按一般笔画顺

由以上的六书解释和"永"字八法的组织结构可以得知汉字文字的组织形成和它组织构成是非常有趣和别具一格的，她包含了许多不同的形态和外部结构，是文字设计的基础，是启发和培养文字的造型，是感受、判断、创造美感的基础。这些不仅能给予文字设计师一个具体的字形概念，更重要的是使设计师以这为基础对文字的构成设计作进一步的探讨。

二、汉字的基本笔画和形式特点

汉字的结构由点线（笔画）组合而成，有如个小小的建筑物，有均衡，有对称，有和谐。在电与线的组合之中存在着力的呼应和对比，线条之间的相互呼

序，先写主笔画，再写副笔画，这样有利于安排字的结构。一般来说，主笔画变化较少，副笔画变化灵活，借以调节空间，使构图紧凑。

4. 穿插呼应

汉字除了少数是不能分割的单形字之外，它的结构是由各种基本笔画组成部首，再由部首和部首结合而成的组合结构，所以汉字要美观，除了基本笔画要写好外，它的结构间架更要讲究，也就是要研究字形的比例与分割，在组合时，各部首的面积并不是等分的，要根据部首的大小、长短适当调整。

汉字在视觉传达中，作为画面的形象要素之一，具有传达感情的功能，因而它必须具有视觉上的美感，能够给人以美的感受。人们对于作用其视觉感官的事物以美丑来衡量，已经成为有意识或无意识的标准。满足人们的审美需求和提高美的品位是每一个设计师的责任。在汉字设计中，美不仅仅体现在局部，而是对笔形、结构以及整个设计的把握。汉字是由横、竖、点和圆弧等线条组合成的形态，在结构的安排和线条的搭配上，怎样协调笔画与笔画、字与字之间的关系，强调节奏与韵律，创造出更富表现力和感染力的设计，把内容准确、鲜明地传达给观众，是汉字设计的重要课题。优秀的字体设计能让人过目不忘，既起着传递信息的功效，又能达到视觉审美的目的。相反，字形设计丑陋粗俗、组合凌乱的文字，使人看后心里感到不愉快，视觉上也难以产生美感。

第二节 ///// 拉丁文字的基本结构与组合规律

一、 拉丁字母的基本特点

拉丁字母是意大利半岛最早的岛民拉丁人创造的，拉丁文后来也成了罗马文字，所以，又称为"罗马字母"。拉丁字母是世界上最广泛使用的字母文字体系，是大部分英语世界和欧洲人聚居区语言的标准字母。

拉丁字母以英文字为中心，由26个字母组成，分为大写字母和小写字母，汉字的拉丁字母也属于拉丁字母语系。拉丁字母与汉字截然不同的是，汉字是各自独立的字体，拉丁字母是利用26个字母的排列组合成各种不同的单字字义。世界上拉丁字母的字体种类繁多，但从字体的结构来看它们有一共同点，那就是字母的字面宽窄和字母的高度不相同，字距又无法等分，所以只能依靠字线来控制。常用字线一般有四条：上位线、下位线、基线和肩线。

基线是大小写字母书写的基准，它与肩线之间的距离是决定行间距离的依据。它们之间的距离称为高度，直接影响到字母在视觉上的大小。上位线与肩线之间称为上位，是指字母超过肩线的那部分，如：b、d、h。基线与下位线之间称为下位，是指字母低于基线的那部分，如：p、g、j、y、q。

一般的情况下，大写字母中除J和Q以外，其他都要写在肩线和基线之内。小字母有13个字母写在肩线

图2-2-1 利用数学方法设计字母 丢勒

和基线之内，9个字母写在上位线与基线之内，4个字母写在基线和下位线之内，j要写在上位线和下位线之间。

阿拉伯数字的组织结构大致都能配合英文字母的结构特性，因此，除了一些比较特殊的例子外，几乎都能配合英文字母的结构形态设计出一系列的形态架构。

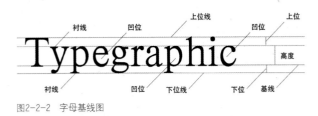

图2-2-2 字母基线图

图2-2-3 罗马体的演变

二、拉丁字母的基本种类

（一）几何形体

拉丁字母是由圆弧线和直线组成的几何形结构，可归纳为方、圆、三角三种形状（H、O、A），并可分为单结构和双结构（O、B），在宽窄比例上又有4：4、4：3、4：2之分（M.A.S）。它本身就具备了美的因素，是人们长期从事书写艺术的结晶。但是拉丁字母的结构和比例，并不是绝对的，在绘写时，应根据具体情况，进行加工和调整，求得和谐美观。庄重优雅的罗马大写体正是由于它的准确与和谐的比例关系经历了2000年而不逊色。

（二）笔势统一

拉丁字母横细竖粗的特点是用扁形钢笔书写自然

形成的，执笔的倾斜角度以10°～35°为宜，不同的倾斜角度能产生不同的粗细比例和艺术风格。在绘写时应始终保持相同的倾斜角度，这样就能形成一种不断重复出现的律动和装饰美，像音乐中的节奏那样加强了字母的内在联系与和谐美观。

（三）黑区白区

我们在绘写时往往只注意到黑色的线条是否美观，而忽略了在黑色周围的空白形状的完美。拉丁字母的字形比较简练，字母内外的空白形状比较大，它对字母形体有很大的影响，并有检查和纠正黑色形体的作用。因此，对于黑色形状和白色形状的完美观应给予同等的重视，才能把它绘写得完美无瑕。

（四）均匀安定

善于利用错觉是达到文字均匀安定、完美统一的重要规律之一。

1．大小的调整

方形、圆形和三角形的字母排列在一起时，它们的大小在视觉上是不同的。方形最大，圆形次之，三角形最小。图例中上面一排圆形的情况就是这样。下面的一行字母作了调整，圆形字母的上下两端和三角形字母的上端都向外闯出去一点，在视觉上就大小一致、高低一律了。

2．粗细的调整

横、竖线的粗细相同时，在视觉上横线会看粗一些，斜线则处在横、竖线之间，比横线看细一点，比竖线看粗一点。因此，无字脚体和加强字脚体的斜线要减细一点，横线再减细一点，才能在视觉上达到粗细一致。同样粗细的竖线，短的比长的看粗一些，因此，短线应减细一点。此外，斜线交叉的尖角最容易见黑，应向里面画细一点。

三、拉丁文字的组合规律

拉丁文字字体组合设计的成功与否，不仅在于字体自身的书写，同时也在于其运用的排列组合是否得当。如果一件作品中的文字排列不当，拥挤杂乱，缺乏视线流动的顺序，不仅会影响字体本身的美感，也不利于观众进行有效的阅读，难以产生良好的视觉传达效果。要取得良好的排列效果，关键在于找出不同字体之间的内在联系，对其不同的对立因素予以和谐的组合，在保持其各自的个性特征的同时，又取得整体的协调感。版面的编排设计文字的组合中，要注意人们的阅读习惯。文字组合的目的，是为了增强其视觉传达功能，赋予审美情感，诱导人们有兴趣地进行阅读。因此在组合方式上就需要顺应人们心理感受的顺序。人们的阅读顺序一般是水平方向上的，视线一般是从左向右流动；垂直方向时，视线一般从上向下流动；大于45度斜度时，视线是从上而下的；小于45度时，视线是从下向上流动的。

1. 字距的调整随着字体变大，字母之间的距离也会扩大。

2. 行迹的影响调整字母的整体空间，而不仅仅是两个单词之间的距离，这就叫行迹。也被称作字间隔空。让一块文本的字迹拉开一点，看起来更气派，设计师可以创造出更为疏朗的感觉。过于密实的话，小写字母的超出高度和下伸长度就开始接到一起，形成一片灰影。

3. 左右对齐安排合适时，能创造出一种洁净而好看的形状。但其缺点是容易造成词与词之间的空间不一致。

4. 左齐右不齐设计师尊重语言的自然流动，避免产生不均衡间隔。这种方式便于阅读，是最常用的一种。

5. 右齐左不齐显得独特而舒服，对于说明、工具条和边注等很合适。体现着与页面上其他因素的内在联系。

6. 中齐左右不齐这种安排历史悠久，显得正式而古典，很传统，可以回应内容的流动。一般正文不采用这种方式，因为不便于阅读，容易造成段落混乱。标题或引语一般采用这种方式，也多出现在影视作品中。

7. 堆叠的大写字母商业标志经常使用堆叠的字母，出现在书脊上时，字母底线排为垂直。小写字母不宜堆叠，因为字母的超出高度和下伸长度使得垂直排列显得不整齐，字母的不同宽度使得这种堆叠看起来不稳定。

8. 标题组合文字主要出现在报纸、杂志、书籍、电视和电影等媒体上，在一定时期内具有固定的使用形式，视觉识别性要求较高，同时必须符合栏目的内涵。就现代版式设计而言，标题文字设计的发展与创新也体现了与时代气息相合拍的设计理念。标题是版面语言中最活跃的一个元素，具有很强的导读性。标题文字设计的基本法则同样是形式反映内容，内容与形式完美的统一。大胆追求别出心裁的个性化风格，是设计师在标题设计时设定的目标，标题要有吸引力，要引导读者阅读正文，是文章主题思想的体现。标题文字的字体字号要与内容相吻合，设计时要注意字体选择得体，文字布局井然，错落有致。可采取大小对比、明暗对比、粗细对比、曲直线对比、多种文字对比的手法，使整个版面格调一致，变化而不杂乱。标题文字在编排上也可采用横排或竖排、重叠、剪贴、对称、平衡等多种编排方式，大的地方简洁大方，一目了然，小的地方精细到位，细微之处见精华。字体的设计要讲求装饰性，字体的变化要协调均衡。每篇文章的标题要有其独特的构思，以配合其版面文章的内容。不同内容的文章有不同的情调和不同的风格，设计师在设计上要注意形式与内容配合得当。例如一篇严格缜密的学术论文，可用稳重严肃的黑体或端庄严谨的罗马体做标题，庄重大方，以增加版面的严肃感。而一则轻松的小品故事或抒情的诗歌散文，则可选用活泼变形的字体，多变化的曲线，再加上各种装饰效果，活泼而有幽默感，能给予读者以视觉上的冲击力和感染力。设计师大胆创新、别出心裁的创意加上设置特殊的文字处理，使标题的文字同时具有图像的效果，图文并茂的标题，犹如画龙点睛之笔，与文章内容相得益彰，组成一个和谐统一的整体，使读者从中享受阅读所带来的独特乐趣。

第三节 //// 汉字与拉丁文字的组合规律

一、组合字体设计的基本概念

组合字体的英文名称为"Logotype"，源自印刷用，LOGO意为合成，TYPE为印刷活字或字形，Logotype是指两个或两个以上的文字铸造在一起的字体。时至今日，Logotype有了更广泛的内涵：代表团体、公司、产品品牌、广告宣传、各类活动等名称的设计字体、具有明确意义的词或成语。正因为组合字体本身具有明确的意义，所以它不同于简单的文字组合，需要通过整体的形象风格、色彩、视觉特点来反映被表现对象的内容。同时，在视觉编排上必须符合字体组合的规律。

二、组合字体设计的基本程序

（1）明确设计的内容：明确组合字体或词的意思，了解组合字母设计是为了传递信息还是增加趣味？或者两者兼有？在何处展示使用？

（2）设计定位：什么是你的切入点？你创造的表现方式是否正确？

（3）设计方案：寻找与字母组合和词的意思一致的风格、大小、形态的多种表现方式。

（4）检验：审视表现形式与表现内容是否一致，识别性如何？视觉冲击力如何？

三、汉字与拉丁字母的组合

在经济全球化的当今世界，人们在经济、政治、文化、科技等方面的交流日益频繁，希望以更快更准确速度、更小隔阂的彼此沟通。汉字与拉丁文字的组合使用已成为视觉传达过程中十分常见的手段。其中包括汉字与汉语拼音的组合、汉字与英文字母的组合。汉字与拉丁字母属于两种不同的文字体系，两者在形态、语音、表意功能方面都有着明显的不同，要将两者组合成既能传播信息，又具有视觉冲击力、符合审美标准的字体形式。必须在两者之间寻找、创造出有机地联系，使之完美地成为一个整体。

1. 内容组合

无论是为拉丁文字寻找合适的汉字，还是为汉字寻找合适的拉丁文字，从文字本身的含义和象征意义着手，不失为一种较为有效的手段。如：雀巢公司为开发中国的咖啡饮料市场而设计的汉字品牌：雀巢，就是将英文NESTLE翻译而来的。独特的名称不仅让消费者记住了这一品牌，也感受到这一品牌名称所带来的温馨感觉，与它的市场形象定位十分吻合。

2. 形式组合

通过寻找汉字与拉丁文字字体设计中能共享的要素，以协调和对比的方式出现，互为衬托，使文字组合成为一个有机的整体。如：可口可乐公司在中国市场开发的雪碧饮料，其汉字和英文字采用相同的造型元素，强调了雪碧这一组合文字的形象特征；百事可乐的美年达饮料所选择的中文字体与拉丁文字采用相同的方式，同样能产生视觉美感，强化了视觉冲击力。

3. 语音组合

任何一种语言，都具有形象和声音两种表达要素，贴切的字形能给人带来视觉感受，如汉字中：风花雪月、桃红柳绿等许多文字本身就能让人产生许多视觉联想，仿佛置身于特定的场景中，具有很强的视觉吸引力，同样，合适而顺口的语音，也能触动人的听觉记忆。如"娃哈哈"品牌名称，就是通过简单明了、朗朗上口的发音使消费者记住了这与众不同的品牌。一般而言，在品牌中使用的文字需符合使用的内容，如公司名称讲究大方得体、避免生僻的文字，字的发音应尽量避免不好听、刺耳、易造成歧义的文字。文字组合在一起应当具有一定的形式美，根据汉字和拉丁文字的发音，创造出已知的总体感觉相匹配的译音名称，是一种较为常用、十分有效的方法。许多著名的国外品牌在进入中国市场时都采用了这种方法，如德国的西门子品牌是根据德文SEIMENS读音转化而来，相类似的还有可口可乐、美国通用汽车公司的别克轿车、法国的服装品牌香奈儿等。

在汉字与拉丁文字组合的过程中，可以将以上3种方法结合起来使用达到最佳的效果。将汉字品牌配以拉丁文字品牌时，不仅要注意影式和识别，同时应避免文字内容在其使用国具有歧义的文字组合。

课题训练

1. 汉字与拉丁字母搭配配设计

以下图为例，试列举4种最新的拉丁字体，并寻找合适中文与之匹配。

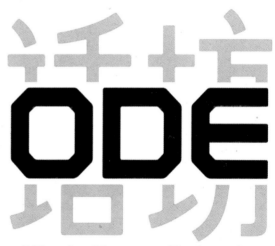

2. 同义汉字与拉丁字母并构设计

以下图为例，任选同义的拉丁文字与汉字进行并构，和谐统一地把两者组织在一起。

Office for Discourse Engineering

第三章 字体设计的方法

一 学习目标 》

要求学生通过对字体的创意设计方法的学习，掌握字体设计的具象化、趣味化、形态化等创意方法；并重点掌握字形的简化、替换、错位、象征、同构、肌理等处理技法，得心应手学会使用字体设计正确的思维方法，使学生地运用视觉要素的设计法则，采用多种造型手段，设计出满足实际需要和符合视觉审美的文字。

一 本章学时 》

40学时。

一 本章重点 》

要求学生掌握基本的字体创意方法和字形的处理技法。

第三章　字体设计的方法

第一节 ///// 字体的创意

随着社会的高速发展，平面设计在现代社会生活中发挥着越来越重要的作用，但是快节奏的社会生活，对平面设计在信息传达方面提出了更高的要求。在探索传达信息的新的设计语言形式的过程中，图形在视觉传达上的突出表现，使设计师们意识到字体在视觉传达中的作用还没有得到充分的发挥。为了改善文字的信息传达效果，使文字也能发挥像图形一样的影响力，字体的创意图形化设计成了我们今天所要研究的重要课题。

字体和图形都一样是平面设计的重要元素，都是在视觉传达设计中承担着信息传达的作用的重要媒介。但是，字体和图形在信息传达的效果上却并不一样。首先，图形是最直接、最易传达、最易识别和记忆的信息的载体。它能以最快的速度获得读者的注目性，其信息的传达效果直接而强烈，而文字所传达的信息则需要通过人们认真地阅读和思考来获得。其次，图形是一种非文字符号，是一种适合人类视觉习惯的图形语言，它可以不受文化、语言、地区、国度等条件的限制而被人识别，因此它是最适合传达信息的世界通用语言。为了将图形这一视觉语言在信息传达上的优势运用到字体的信息传达中去，用图形化的视觉语言对字体进行的创意设计，使字体的"形"与"意"紧密地结合在一起，让字体具有图形语言与文字语言的双重功能，使其不受地域以及文化背景的限制，让不识其文者能够"看"出其意，识其文者能够"读"出其理，从而最大限度地发挥字体在信息传达方面的魅力，这正是字体创意图形化设计的目的和意义。

一、文字图形的具象表现

在图形设计风靡的今天，单靠文字本身已不能满足读图时代读者的视觉期望。文字图形化越来越被大众所接受，它具有抽象化文字所无可比拟的优越性，视觉冲击力与阅读趣味性。

文字图形化设计体现了平面设计中注重意形结合的方法原则，意主要表达设计的中心主题概念，形是为了引起读者的注意力，将文字本身作为抽象符号的晦涩酣畅淋漓地以幽默诙谐的语言表现出来，在短时间内达到视觉的沟通和意义的传达。

而在文字图形化的表现方式中，具象表现则是最常见的一种表现形式，利用图形表现具象的形态，以最快的速度传达文字的内在含义。这种方式直接、易懂，甚至因为图形这种世界性的语言可以让传播的范围大大增加，跨越地域的界限。

文字图形具象表现的方法一般有两种：

1. 平面形态组成的文字图形

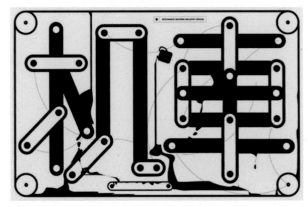

图3-1-1 "机车"字体设计

图3-1-2 《Spring Awakening》 Erich Brechbuhl

图3-1-3 字体海报设计

图3-1-4 字体海报设计 Annie Wong Fun Fun

2．立体实物形组成的文字图形

图3-1-5 StamiVeklumi主题海报 Oded Ezer

图3-1-6 《nike赤足新生广告》

图3-1-7 Electric weekend主题海报

图3-1-8 字体海报设计

图3-1-9 Head杂志 Omar Mrva

发挥想象力是文字图形具象形态创作的一般方法，它体现了出乎意料的惊喜。具象图形运用到字体设计中也是为了增加设计的趣味性和新鲜感，我们可以竭尽所能地利用联想思维创造前所未有的鲜活文字形态，从而脱离电脑字库带给大家腻烦的视觉样式。当代国外大量生动的经典作品再次掀起字体图形化设计的高潮。

从2000年以后，文字图形的具象表现方式越来越多地被广大设计师运用，因为具象表现是直接借助于生活中的实际物品，它越是不易表现和不易察觉有利用的价值，就越能够达到强烈的震撼。因为出乎意料，会带来特别的趣味性，从而达到电脑字库字体所无法想象的震撼。

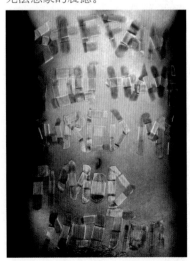

图3-1-10 《Susan Walsh》 Stefan

图3-1-11~13 《字运动》 赵清

图3-1-15 《角川书店》海报设计 Yuka Watanabe

图3-1-14 《Save the forests save the world》 Lau Kin Hei, Ray

图3-1-16 《Love me set me free》 陈约瑟

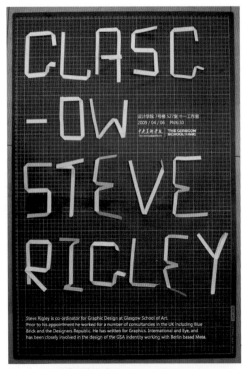

图3-1-17 国外字体设计

图3-1-19 国外字体设计 Adam Słowik

图3-1-18 国外字体设计 Bank

二、文字图形意象表现

文字的创意图形化设计,关键是要处理好"形"与"意"的关系,以"意"造型,以"形"表意,使主观意念与汉字内容得到完美统一。因此,在字体的图形化设计创意时要避免牵强附会,要巧妙合理地处理好"形"与"意"的关系,强调个性,突出主题,方能使汉字由"读的符号"变成"看的形体",得到与图形一样的迅速而又强烈的信息传达效果的同时,文字的图形也能传达出深刻的含义,用图形化的视觉语言形式来打破了不同地域和文化背景的限制,让不识其文者通过文字的图形化设计能够"看"出其意,识其文者能够"读"出其理,使字体在信息传达时如虎添翼,释放出更多的信息。

意象性文字设计则是利用同构的语言通过内在含义和外在形式的融合来表达意念,不像具象表现那么直接,而是以视觉化的图形承载文字的内涵,达到以"以意制形,以形衬意"。

意象化文字设计一般都结合图形的形态,以丰富的联想展示文字的字意,与具象化表现不同,并不直接用实物替换表现,而是将文字的含义通过较为隐晦的手法表达出来。是将文字与事物之间的共性因素,按一定的内在联系与逻辑关系,用物化的境界组合成崭新的文字形态,通过趣味性的巧合与相似来达到文字图形化的设计的目的。

图3-1-20 台湾设计周 李根在

图3-1-21 字体设计海报

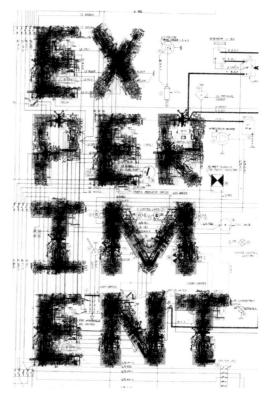

图3-1-22~26　《苏州印象——image》卢珊　　　　　　　　　　　　图3-1-27　"Experiment"　SYLABBIC

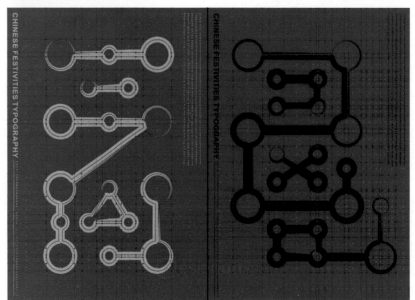

图3-1-28　《Chinese Festivities Typography》海报设计　陈正达

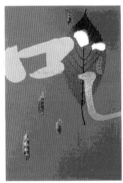

图3-1-29 《坐》《行》《吃》《睡》海报设计 靳埭强

图3-1-31 国外字体设计

图3-1-30 "MOMA Catalogue" 书籍设计 Oskar Hansen 《济》海报设
计 罗荣

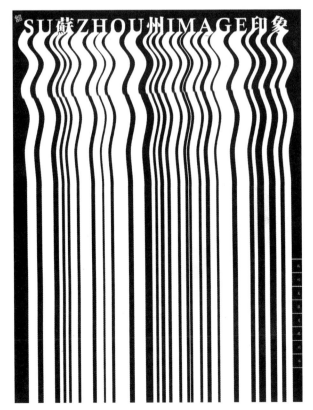

图3-1-32 《苏州印象》招贴设计 郑华批

图3-1-33 《PlayType》招贴设计 郑华批

三、文字图形的趣味表现

平面设计的"趣味性"是一种视觉上的感觉在心理上的反应状态。"趣味性"在艺术设计中的表现主要体现在视觉层面上，包括在图形创意和形式惊奇两个方面的应用。文字表现的趣味经常见诸于国内外各类平面广告作品中，而且成功率极高。同时，字体设计是很严谨的工作，但有时太严谨就会呆板，这时我们就要考虑字体设计的趣味性，当然现在的电脑技术有很多的特殊效果可供我们选择的，比如各种各样的形式效果，就能让枯燥的文本产生很好的趣味性。最常见的方法有两种：

1. 汉字图形的趣味化设计

中国自古以来就有许多优秀的汉字趣味设计。常用的方法有"形意一体"和"表意随形"。这两种方法都能使画面造型丰富多彩，变幻无穷，耐人寻味，它不但可以启发、训练读者的空间想象力和形象思维能力，而且可以帮助读者记忆文字信息，丰富读者的生活知识。

"形意一体"是指根据文字或词句的具体内容运用丰富的想象和情感概念，打破以往规整排列的视觉流程，用文字组成一个与文字内涵相关的趣味图形，其外形与组成图形的字，或者句子，或文章有些千丝万缕的联系，使得内在蕴涵和外在形式融合，一目了然，赋予了文字画面以外的强烈意念。通过这种趣味性的外形，别出心裁地展示了抽象字以外的具体形象，传达其含义，表现其内涵，以增强视觉的冲击力。

"意表随形"是指文字的形体可以随着主题思想的变化而变化，可以是单个的文字，也可以是成组的文字，随"意"变"形"后所展现的"意"，让内涵更加淋漓尽致地传达出来。

意表随形的设计方式适用于中文，这是因为汉字的形体经过漫长的演变，外形通常固定且绝大部分呈现方形，这种规范性的外形却容易显得平淡。但我们可以遵循文字的基本规范性外形的基础上，经过编排调整文字的排列可以打破文字的可读性，经过编排使文字图形展现出千姿百态，鲜明、活泼、有趣的图形，更加激发观者的兴趣。表意随形的编排方式强调的是以图形的可视性取代文字的可读性，也就是将读的符号转换成看的形体，表达其含义，体现其寓意。

2. 英文图形的趣味化设计

在西方，英文的图形化设计也十分流行。他们常常使用英文字母排列出许多有趣的图形，用于书籍，报刊，杂志广告的编排，使读者在获取文字信息的同时，得到视觉的娱乐，解除视觉疲劳，审美麻木，达到耳目一新的效果。英文的结构与汉字不同，所以在趣味性编排上也略有差别，主要采用"组字成画"和"形意一体"两种方法。

英文的组字成画是指打破人们熟悉的阅读习惯将英文单词或句子排列成一个简明可辨的形象，图文相互融合，令观者产生新奇、活泼的视觉印象。英文的组字成画的特点在于英文的结构相对简单，运用英文字母的大小、疏密、虚实、深浅的变化，容易形成清晰有序的点和面效果，有较强的视觉冲击力和传达效果。

英文的形意一体是指英文字母的图形化的同时，其外形与里面的单词、词组、或句子有些一定联系，表达其单词、词组的意义，体现其内涵，形意一体。

图3-1-34 《Having》sagmeister

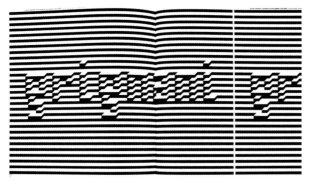

图3-1-35 字体海报 Leonardo Sonnoli

图3-1-36 《X展海报设计》 黑一烊

图3-1-37 《Turner_Prize_Exhibition》 Scott Williams & Henrik Kubel A2 SW HK

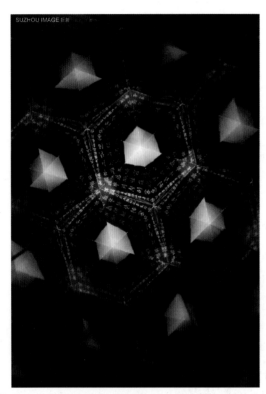

图3-1-38 《文化万花筒》 陈原川

图3-1-39 《大声展海报》 Rex Koo

图3-1-40 国外字体设计

图3-1-41 国外字体设计 Pepe Gimeno

图3-1-42 相当设计品牌设计 广煜

2005\1st Shenzhen Biennale of Urbanism\Architecture

图3-1-43 05城市建筑双年展标志设计 广煜

图3-1-44 《试验填—当代艺术展》海报设计

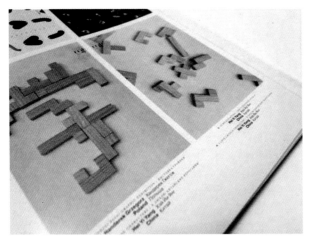

图3-1-45 《我爱汉字》海报设计 黑一烊

图3-1-46 《Side and Show》sagmeister

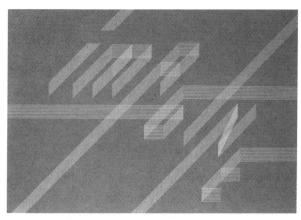

图3-1-47 国外字体设计

图3-1-48 国外字体设计

四、文字图形的形态表现

大量的文字组成的文本，可以被限定在具有表现力的图形中，这种手段被称之为形态化的文本。形态化的文本能够形象地传递出文本的内容，从而强调重点、增加视觉趣味性。人类最早使用的文字表达方式是象形文字，这种文字的本质具有标志性的图形特征。从人类视觉心理分析，人们在阅读图形和阅读文字时，前者的心情更为轻松，图形所形成的视觉冲击力也更为强烈，所以，将文本以有表情的方式向读者

展示、不仅使读者感到趣味，也改变了文本所惯用的形式，并能增加读者对文本的记忆力。

1．形态化文本的使用范围

大多数传统的文本编排方式都是对称的或不对称的，或居中、居左、居右等。文本的标志性是相当重要的，但是，在一些特殊的媒体。如：报纸、杂志、招贴的某些版面中，我们可以根据文本内容的需要，将文字放入不规则的或者规则的形态中。倒如：具象形态、方形、三角形、圆形等。在这种情况下，识别性发于视觉冲击力，占第二位；有时文本并不需要覆盖整个页面，因为文字、词语、数字都能以时髦的点、线或面将文本形态化，与文字意义所代表的物体相联系，可以引起更大的注意力。图形化文字的装饰特征能够将阅读转化为视觉经验。广告应用这种手段使口号或者短句以具有强悍视觉冲击力的形式传递信息；标志设计也可用这种方式进行。文字还可以被塑造成动物、人物、植物、日常生活用品或乡村景色。通常，文本形态的创意与文字有关。

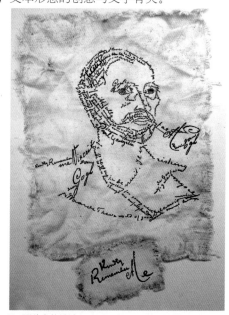

图3-1-49 国外字体设计

图3-1-50　国外字体设计

图3-1-51　标志字体

2．创造形态化文本的基本技法

(1)将书法的、印刷的、手绘的、设计的和形象一

起放入一个直接的具有装饰性的表达内容中。这种幽默、智慧的、富有创造性的形式，能调动视觉气氛、激发读者的共鸣。

(2)文本可以形象化地包围在形态外面、限定空间。创造衬托主要形象的次要形态，调节视觉欣赏的节奏，增加平面空间的层次。

(3)在主要文本区域控制字体粗细的变化，也可以改变字体，以造成明暗效果。如：肖像的绘制可以通过文字的肌理和调性，就像素描和点彩画一样，创造具有活力的人和动物。文字、数字化的图形在电脑中显得相对容易，可以让你有自由的空间和手段进行尝试，而手写文字则不同于印刷字体、更自由，具有设计师的个人特点。

(4)可以将拼贴、摄影、变形、肌理等手段灵活地应用到设计中，使画面显得更为生动。拉丁字母主要由直线、斜线、圆弧组成，具有丰富的可操作性，可以引导它们成为具有装饰性的图形。中国的汉字以方块形态为主。相对难度较高，但通过对汉字构造原理、偏旁部首、识别性的深入分析，同样可以创造出具有鲜明特点、令人过目难忘的设计作品。

无论你的创意是具象的抑或抽象的，也无论你使用怎样的手段与载体，用机械方法、或者随意的手绘、或借助电脑设计系统，你都应该将你的设计建立在相关的主题上。设计的思路可以天马行空，但选定的形象必须确保最终的效果具有视觉的说服力。

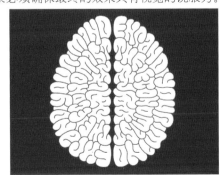

图3-1-52　国外字体设计　Paul Belford

图3-1-53 《青山花店宣传画》 工藤良平

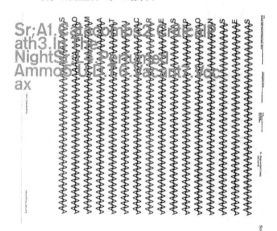

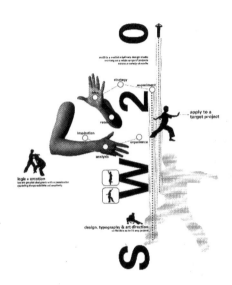

图3-1-55 国外字体设计

图3-1-54 国外字体设计 Substance

图3-1-56 国外字体设计 R2 design

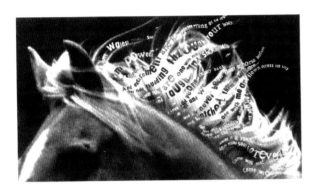

图3-1-57 国外字体设计 Peter Anderson

图3-1-58 国外字体设计

图3-1-59 国外字体设计

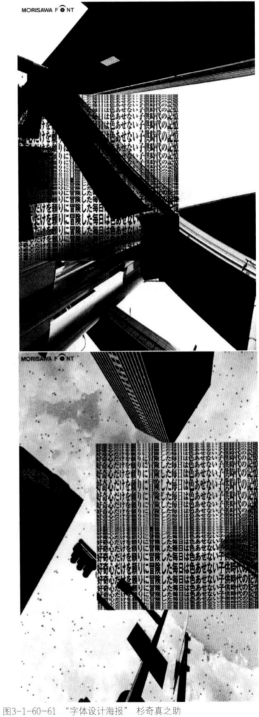

图3-1-60~61 "字体设计海报" 杉奇真之助

图3-1-62　字体设计　Alida Rosie Sayer

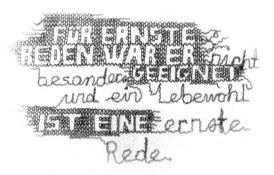

图3-1-63　国外字体设计　Gunter

课题训练

1. 利用汉字的造字特点，任选文字，设计一幅反战主题的海报

要求：体现字体设计中的具象化风格，海报具体定位不限。

2. 利用英文字母，任选文字，设计一幅反对皮草主题的海报

要求：利用现实中的实物组成字母，体现字体设计中的形态化风格，海报具体定位不限。

3. 利用汉字的造字特点，任选文字，设计一幅汶川地震周年纪念主题的海报

要求：体现字体设计中的意象化风格，海报具体定位不限。

4. 利用英文字母，任选文字，设计一幅环保主题的海报

要求：体现字体设计中的趣味化风格，海报具体定位不限。

第二节 ///// 字体设计的技法

对形式的探究始终是视觉设计师的根本任务，而对字形设计的技能技法的掌握可以帮助学生解决设计形式感的问题。特别在字体设计中，设计的样式和面貌发生了天翻地覆的变化。我们告别了打字机植字的年代，迎来了媒体的新的春天，这种媒体介质的改变也影响到平面设计，设计师对文字的处理不再拘泥于铅活字和照相植字时代对文字的排字方式，技术的更新使得文字排字的可能性和灵活性大大提高，我们可以从以前烦琐的对文字的处理中解放出来，并可做出以前不可能实现的效果，文字从此有了更加丰富的表情和变化效果。前面我们介绍了如何进行字体创意，相当于有了"义"，接下来就是"形"，对于文字作为视觉设计基本元素的形式的探究。

一、笔画的简化

字形的抽象概括与创造是根据文字本来的结构形态进行建立对字形和结构审美意义上再创造的思维和技法活动。文字是在原始的图形基础上演变而来的，现代的文字图形又是在现有的文字基础上发展变化的，要比原始的图形文字更具深一层的文化内涵和新的表现形式，而且现代文字发展相对于就更为系统化、整体化和规范化了。是在发展了几千年的汉字基础上，进行字体的再图形再创意。而图形化的文字是将"文字"所说明的字意和相关"图形"所表现的字形融为一体。表现形式来说，字体设计图形化还要依托设计构成的形式法则。因为构成是具有共性的设计语言，是为了完善与创造更赋予现代感的设计理论和表现形式。且形态的抽象性特征和产生不同视觉引导作用的构成形式，组成严谨而赋有节奏律动之感的画面，营造一种秩序之美,理性之美,抽象之美。

字体设计要抢眼、醒目，并富于美感。最常见的设计手法就是对部分笔画分别予以粗、细化的处理，总体上形成一种横粗竖细或横粗竖细的笔画对比、参差效果，增强视觉冲击力。为此，就要对那些笔画繁复的字素进行创造性的简化或连笔设计，并且不丧失其可辨性。笔画的简省，最易体现出设计者的巧思和灵活，不拘一格的简化方式，更丰富了创意字体的独特个性。

通常有两种方法：

1. 概括整合

对文字笔画和轮廓进行几何形的整合，减少不必要的细枝末节，以求最大化的概念和简洁；甚至是文字结构外形发生适当的改变，只需保留大的形态结构以供识别；或是文字的组合排列产生"新"的文字。经过笔形概括与结构整合的文字可以最大化地保留文字的视觉信息，同时也最大化地实现了美学上的表达。

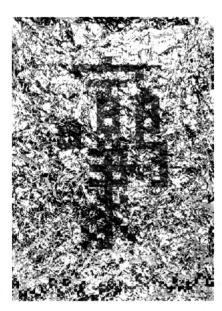

图3-2-1～2 《百花齐放 百家争鸣》 王峰

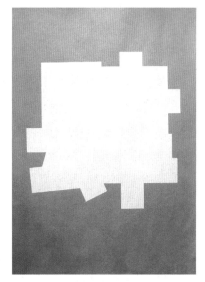

图3-2-4 《肆》海报设计 陈飞波

图3-2-3 《闻鸡起舞》海报设计 王天甲 秦阳 龚威武 惠耀

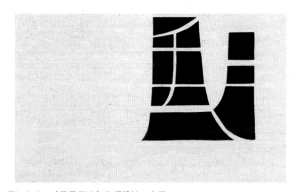

图3-2-5 《风月无边》海报设计 广煜

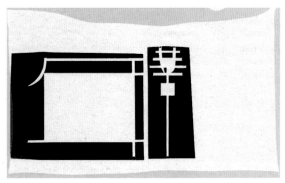

图3-2-6 《年华有限》海报设计 广煜

图3-2-7~9 《Intro电子音乐会》系列海报设计 柏志威

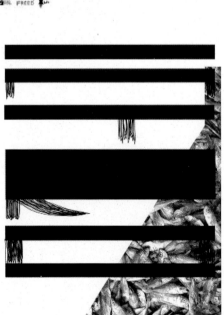

图3-2-10 《爱噪音》活动 乔小刀

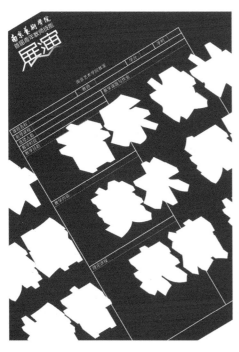

图3-2-11《南京艺术学院青年教师技能展演》海报设计　薛冰焰

2.减化重组

　　减化是艺术设计进行创意构思的通常手段，减化意味着浓缩和提炼。通过对文字笔画的删减，形成新的连笔，或者通过结构的重组把文字最本质的特征结构表达出来，在这个快速阅读的时代，意在用最简单的笔画形成抽象化的文字图形，表面看似简化它的形，反而提升它的意、达到快速记忆的效果。

图3-2-12~13　《简约》刚古纸推广海报设计　蒋华

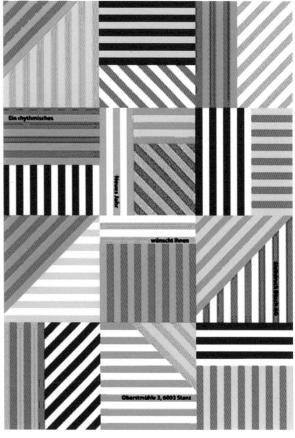

图3-2-14　字体海报 Niklaus Troxler

图3-2-15 字体象征性研究 白木樟

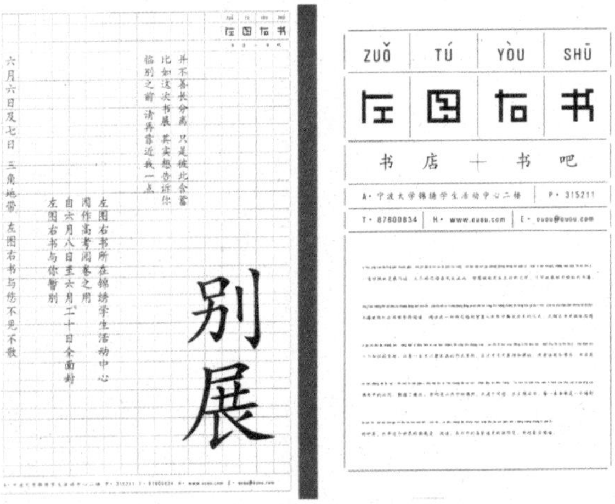

图3-2-16~17 左图右书形象设计 邹瑜平 陈晶晶

图3-2-18 国外字体设计

图3-2-19 IEDC BLED 管理学校 Eduard Cehovin

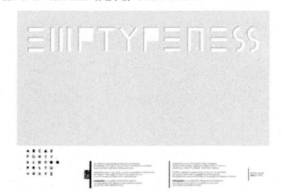

图3-2-20 字体海报 Leonardo Sonnoli

二、笔画的替换

字体之不同是由于笔画和结构等视觉规则不同引起的。比如说："横细竖粗，撇如刀，点如瓜子，捺如扫。"就是对宋体字笔画规则的通俗概括，黑体字、圆体字就不是这个规则。"横平竖直、口边顶格，靠边直笔往里让"是对基本字体的书写规则而言的，对于创意字体来讲，则不受约束。字体创意就是在创造一种规则。即对点、横、竖、撇、捺等基本笔画写法做出规定，对笔画的组合方式即文字的结构做出规定。当然并不是要求一种创意字体里所有笔画和结构都要重新确立规则，规则可以针对字的局部，一点一画的细节变化，也可以体现出一种创意。

文字的整体识别与局部识别问题有这样的情况就像人们通常说的认字认半个，有时候单凭一个字的局部就能认出它，这个局部往往能代表字的特征，这时候，只要保持了这个局部形态，其他部分你做了创意变化是不影响字的识别的，从而我们的字体设计就有很大的发挥空间。所以要善于在创意时保持字的代表性局部特征、善于通过字群的整体性来促进单字的识别，这样才能做到既有创意，又不影响识别。

图3-2-21~23　字体实验

图3-2-24~25 《消失者》海报设计

图3-2-26 字体海报 沈浩鹏

图3-2-27 哥特体与汉字的融合

图3-2-28 贺年卡片

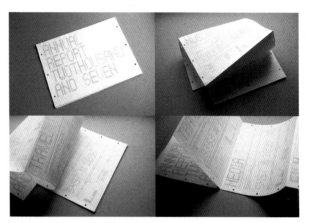

图3-2-30 样本设计 Vorm Studio

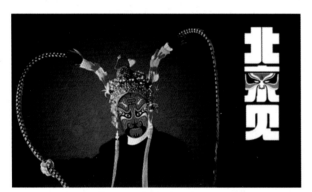

图3-2-29 PUMA 广告

图3-2-31 25号 标志设计 胡颖

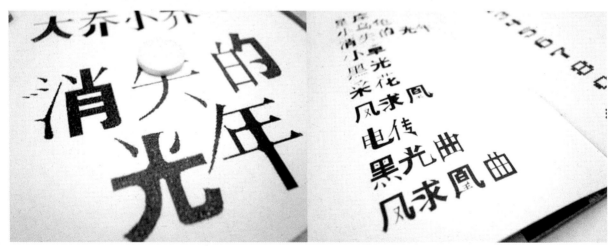

图3-2-32 《大乔小乔消失的光年》推广设计 陈飞波

图3-2-33 By: AMT视觉形象推广 Joshua Distier Mike Abbink

图3-2-34 《TripleOne Somerset》书籍设计 Asylum Creative

三、笔画的错位

笔画的错位是对文字结构构成的反常规处理。一般情况下，我们对一个没有经过处理的文字结构具有固定的思维习惯性的认知，稍稍改变文字或字母笔画之间的关系，对文字或字母的形态结构作一点儿处理：分割、错位、裁切、旋转、倒置、分解、反向、缩小等处理得不易于辨识的新结构，会增加新的意味和阅读的趣味。

笔画错位也可以针对多个文字进行分解或转折，得到多个分体，以此为元素进行方位的变换和位置关系上的处理，注意整体文字的外在形态结构，保证笔画错位后形成新的视觉效果的识别性。

图3-2-36 字体设计海报

图3-2-35 《转向创意设计展》海报设计 黄立光

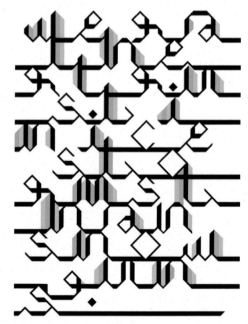

图3-2-37 《字体创意设计》海报设计 Moiré

图3-2-38 《译林杂志推广海报》 赵清

图3-2-40 《城市画廊》Chris Bleackly & Len Cheeseman

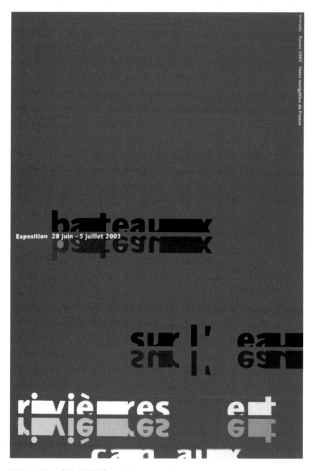

图3-2-39 《水上驳船》 Philippe Apeloig

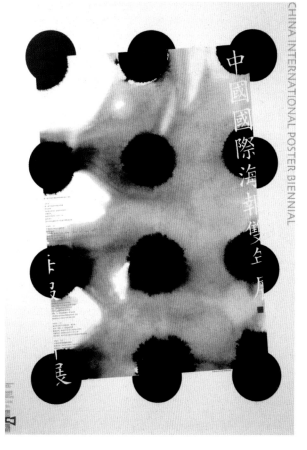

图3-2-41 《中国国际海报双年展》 袁由敏

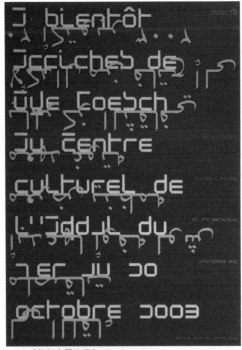

图3-2-42 《伊朗个展海报》 Uwe Loesch

图3-2-44 国外字体设计

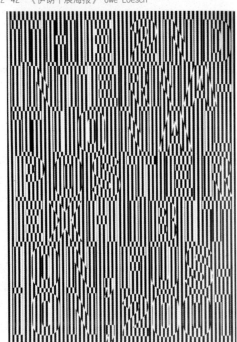

图3-2-43 《第二届宁波国际海报双年展》海报设计 潘沁

图3-2-45 国外字体设计

图3-2-46　国外字体设计

图3-2-48　《我的名片流》招贴设计　龙刚

四、字形的重叠

　　字形重叠设计是文字形态的构成形式的延伸，它是在设计中结合版面编排的效果对文字的构成形式做一定的表现与探究形成一种全新的视觉感受。由于电脑技术的不断发展，给文字的重叠带来了更多种的可能性，这种效果往往给人以现代时尚的视觉印象，适用于时尚杂志和相关的设计作品中。

　　重叠文字设计具有明显的空间层次效果，在保证文字识别性的前提下，结合色彩的深浅和冷暖营造出多重的文字空间，可以进行穿插、重叠、叠透使字体形态具有很强的通透感。产生新的视觉惊喜，并得到具有趣味性的文字空间。重叠文字的制作主要是通过复制文字，变换文字大小、角度和设置不同的文字透明度的操作，这些操作可以使相同的文字变化出丰富的文字效果。

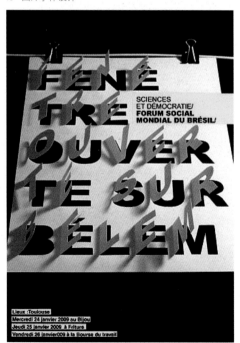

图3-2-47　国外字体设计

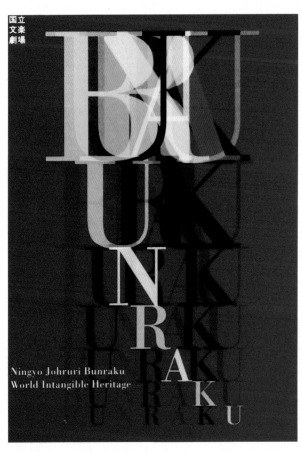

图3-2-49 《Burnraku Kyokai》Shinnoske Sugisaki

图3-2-50 《Photo+Graphic,Poster and photo Exhibition》Reza Abedini

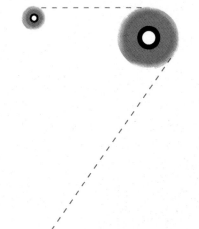

图3-2-51 《靳埭强&格吕特纳海报展》
卡片设计　薛冰焰

图3-2-52　《百花齐放 百家争鸣》海报设计　毕学锋

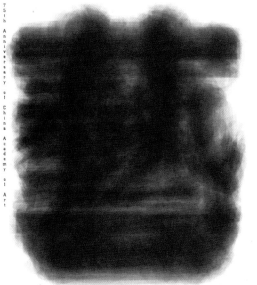
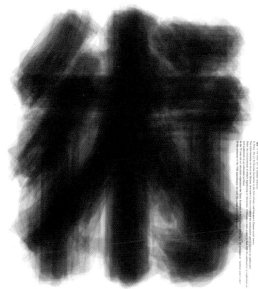

图3-2-53~54　《中国美院75周年庆》　何见平

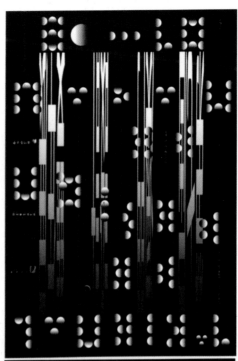

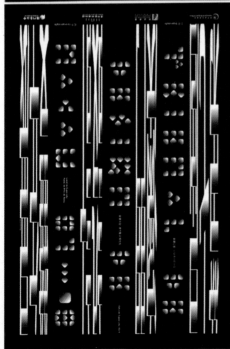

图3-2-55 第七届澳门设计双年展 张国伟

图3-2-56 国外字体设计

图3-2-57 国外字体设计laurenz bxrunner

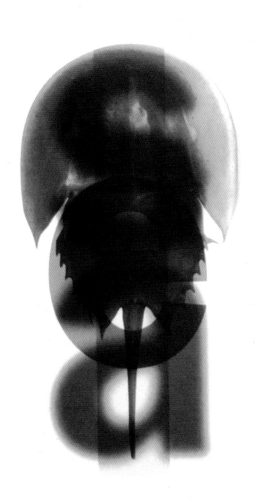

图3-2-58~59　Shuichi Nogami 海风　推广海报

图3-2-60　《海报纪念伊朗哲学家拉兹》　SAED MESHKI

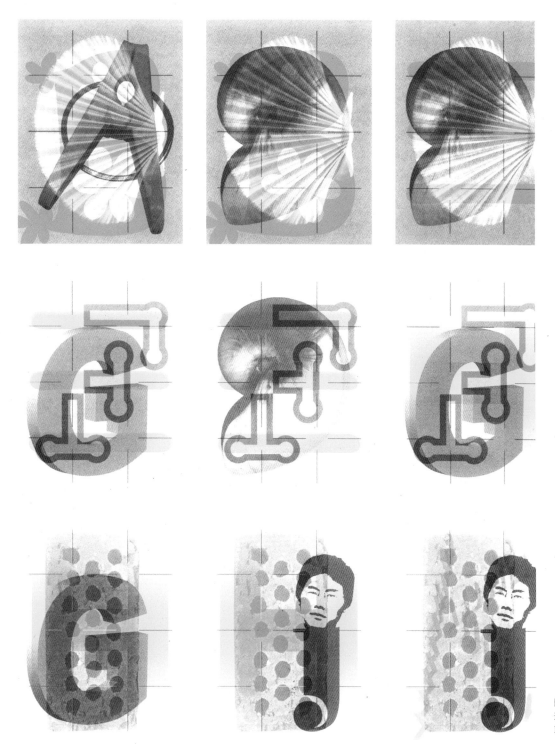

图3-2-61 《沟通》 宁波城市职业技术学院

图3-2-62 One Cake One Live 陈家乐

五、字形的同构

今天我们使用的字体经过长期演变，虽然已远离物象，趋于抽象化、符号化，但仍具有"因形见义"的表意性质。我们从字体的形体上就可以把握这个符号所标志的概念意义，并在一定程度上了解它所隐含的深层意念。字体的意象设计以信息传达为目的，符号化是字体意象设计的动力所在。在二维空间中对字体的位置、比例、意象化的符号筹划，无疑是一个思维的过程，而这种思维过程是设计者通过字体符号来延续受众心理活动的过程。找到一个"字体符号"以传达更为准确的信息，成为字体意象设计作品成败的关键。如"炎"，两火重叠，表火势大、热度高之意；"秋"，像禾穗低垂形，以谷类成熟象征秋。字体这种表意性正是设计者所追求的。

这种字体构成设计其特点是把握特定文字个性化的意象品格，将文字的内涵特质通过视觉化的表情传神构成自身的趣味，通过内在意蕴与外在形式的融合一目了然地展示其感染力。意象化字体符号渗透了现代设计思想，赋予字体以字面外的强烈意念，通过丰富的联想别出心裁地展示浪漫色彩。意象文字超脱了具体的"形似"将具体的"形"提炼成抽象的"意"。意象化字体设计的表现手法，一般不以具象形穿插配合，而是单纯以笔画竖、横、点、撇、捺、钩与部首偏旁的多与少、大与小、有与无、增与减及空间结构的配合进行灵活变化。下面就是一些字体意象构成设计的方法。如：

1.异质同构设计

异质同构设计是指字体艺术设计中两种或数种物象之间外形结构相异而含义相同的表现形式。

图3-2-63 《绣——show》海报设计　毕学锋

图3-2-64 《中国》海报设计　何见平

2.同质同构设计

同质同构设计是指在字体艺术设计中利用字义外形特征的相似，以另一物象及特性把创意传达出来。

图3-2-65 《世遗苏州》海报设计 壹品设计

图3-2-66 海报设计 Happycentro

3.形义同构设计

形义同构设计即把含义、形象两类同构综合起来，利用含义的相似和形式的相似进行双重构成。这种同构不仅具有视觉冲击力，而且具有很强的心理效应。

图3-2-67 《巢》海报设计 毛明娟

图3-2-68 《百花齐放 百家争鸣》海报设计 赵清

值得注意的是在字体设计过程中，为了设计的需要经常会选取不同的文字来源作为设计元素。例如：繁体字、篆书、民间习惯使用的不规范文字、通假文字、错别字、谐音字、拆散文字、旋转镜像文字、电子屏幕文字、手写文字（偶然形）等，如图。

图3-2-71 国外字体设计

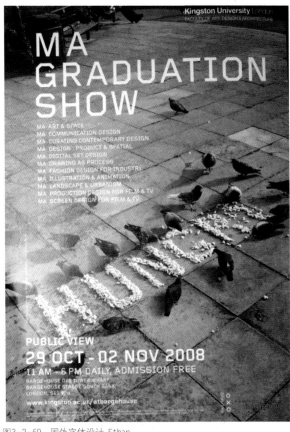

图3-2-69 国外字体设计 Ethan

图3-2-70 国外字体设计

图3-2-72 《When west meets east》海报设计 薛冰焰

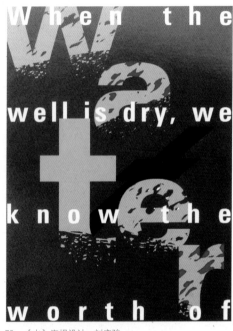

图3-2-73 《水》海报设计 刘宏骏

图3-2-75 《解读加勒比文字》 Philippe Apeloig

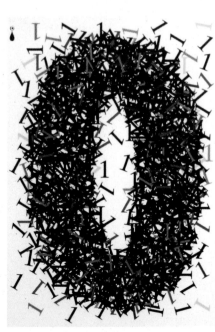

图3-2-74 《01》海报设计 韩湛宁

图3-2-76 《字体海报设计》五十岚威畅

图3-2-77 "ECB PartsPoster" eboy

图3-2-79 《2007年度创意新锐评选》海报设计

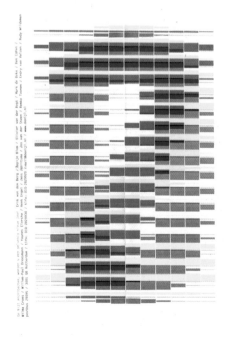

图3-2-78 《De Nijl Architecten》海报设计 Karel Martens

图3-2-80 字体设计 L2M3

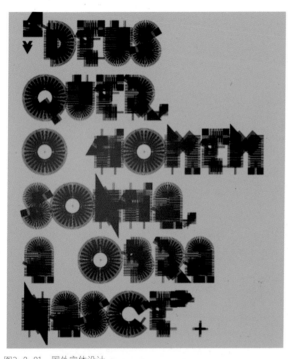 

图3-2-81 国外字体设计

六、字形的肌理

文字，这一平面设计中主导性视觉元素，受到情感因素的影响，逐渐在创新中呈现出趣味性、人情味等人性化的情感表现。其中，肌理对文字的设计及应用在情感上的体现尤为明显。肌理，又可称纹理、质感。原指人的肌肤组织、形态特征。杜甫《丽人行》中有"肌理细腻骨肉匀"的诗句。《牛津词典》中对肌理一词这样定义：织物经纬之排列，织物、表皮、外壳等表面或实体经触摸或观看所得之稠密或疏松程度；质地松散、精细、粗糙之程度；表皮、岩石、文学作品等构成成分及结构之排列；艺术作品中物体表面的描写；在生物上，意为组织与组织之结构。在平面设计中，肌理的概念有了极大的变化和拓展。肌理本身就是一种构成、组织和编排，它主要指由于材料、工具和技法的不同，所造成的各种质感和纹理。肌理有"视觉"与"触觉"之分，平面设计是一种通过视觉传达进行的艺术表现行为。肌理与色彩一样，是视觉语言中的重要组成要素，也是文字在其设计及应用中，是情感宣泄最有效的一种载体。肌理所赋予文字的不仅仅是外在的视觉语言，还反映内在的本质、属性及其心理表现、暗示等。肌理能体现物质的直觉感、质感的合理运用，不仅扩展了视觉及心理的空间，而且更具有人情味和亲切感。从素材中借鉴形式感应用于文字字形的设计，这种供文字设计选择的素材没有限制，只要其形式规律能够给人以视觉美感的享受和视觉偶然性的惊喜。素材选择和使用的角度是关键，素材本身要给人以新鲜感。具体设计方法如下：

A．直接利用具有肌理感的元素进行填充，多采取电脑模拟的方法。直接采用素材本身的局部或整体，选取特殊的角度，形成视觉的新颖性，构成字体的设计。一般采用常用字形作为基础形体，然后配合选取的素材进行适度的形态变形，使字体在保证识别性的前提下，富有艺术感，以更好地传达主题。

图3-2-82 《字运动》海报设计 王粤飞

图3-2-83 国外字体设计 Autobahn

图3-2-84 国外字体设计 Camilo Rojas

B. 利用不同表现工具模拟表现的肌理效果,继而形成新的字体设计的创作元素。

C. 把握住素材的基本特征,进行抽象意义上的元素提取,素材可以借鉴图案、传统纹样的形态,或者具有抽象的性质和意义的图式,如空气的流动、水纹样、火燃烧等,经过进行抽象化归纳概括表现和对其规律的总结和提炼,得出一般意义上的典型图形,并以此运用到文字的设计中。(苏州印象文字)抽象化的元素包括线条、箭头(南部俊安)、块面、色彩等。

图3-2-85 《都市水墨》海报设计 王序

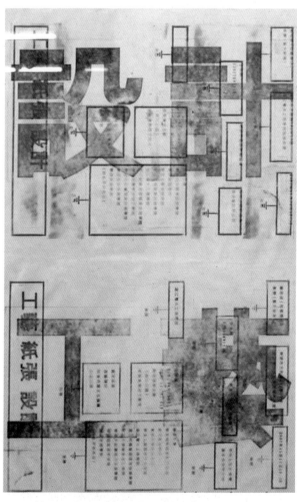

图3-2-87 《工艺 纸张 设计海报》 季叶申

图3-2-86 《自由融合》海报设计 项昊、唐郁明

图3-2-88 国外字体设计 Hello Von

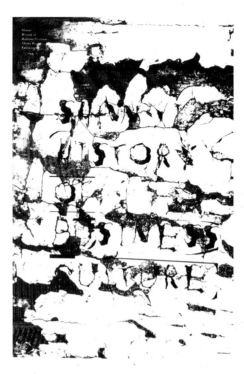

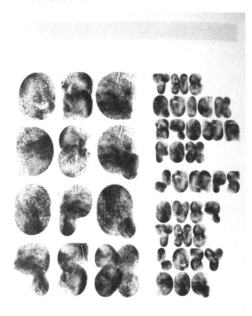

图3-2-89 国外字体设计 Lowman

图3-2-90~91 《晋商大院海报》 韩湛宁

图3-2-92 国外字体设计

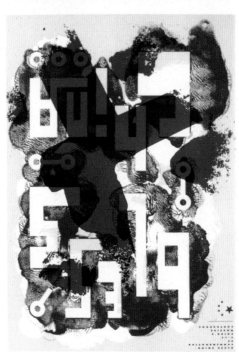

图3-2-93 保佑中国
Park Kum-jun.

图3-2-94 《Jazz海报》Niklaus Troxler

图3-2-96 《字运动》海报设计 张世峰

图3-2-95 《字体海报》Craig Ward

图3-2-97 《Losing My Ground》海报设计 Lau Kin Hei, Ray

课题训练

1. 汉字的简化

利用概括整合、减化重组等构成形式，创作具有形式美感的字体，必须考虑到文字的阅读性，字意的传达，目的是考验对文字进行多种表达效果的探讨得出新的视觉惊喜。文字种类不限，如拉丁字母、朝鲜语、汉字、日文、阿拉伯文等，单体和组合均可，黑白和彩色系列均可。

2. 汉字的同构

要求利用数字和汉字同构，或字母和汉字同构，注意两者形态上的相似性或者隐蔽巧妙性，如在繁体汉字数字的基础骨架上融入阿拉伯数字，设计形式巧妙，趣味盎然。实际上是文字笔画形式的替换设计。

3. 汉字的肌理效果

请研究肌理表现在字体设计中的意念传达，任选国家名或地名的汉字为该地区的特殊地域文化设计一幅主题海报，体现地域文化特点。

第四章 字体设计的应用

学习目标 》

要求学生通过对字体设计应用途径的学习，了解字体设计的载体，明确字体在平面设计中的应用及其意义，同时进一步掌握字体设计的形式美的规律，使之设计出符合思想性、实用性、艺术性的作品。

本章学时 》

20学时。

本章重点 》

要求学生学会利用前面所学的字体设计知识，合理地运用到标志、海报、书籍、包装设计中去。

第四章 字体设计的应用

第一节 ///// 标志中的字体

现代标志的设计一般分为字体标志、图形标志和文字图形相结合的标志三大种类。字体标志称之为"typomark"，文字在视觉识别中作为信息的载体，同时也诉诸形象的方式来展示概念。可以增强视觉传达效果，明确、清晰、直接的表达概念，在文字的基础上结合图形、符号或者其他文字等元素进行再创造。

一、汉字标志

特征：造型严谨，形态大方，表情性强。

分类：汉字单体标志，汉字组合标志。（字形组字、图文复合）

优势：利用汉字表形、表音表意的功能，进行发挥创造，造就独特的语言风貌，并保留民族特色。从标志的构成因素来看，汉字型标志是以含有象征意义的汉字造型作基点，对其变形或抽象地改造，使之图案化。汉字型标志都有一个确定的视觉形式，同时它又是象征着一个符号。

意义：优秀的汉字标志，能够形象、生动、直观地表现出汉字的意象内容，不仅使人产生视觉上的美感，而且在心理上产生一种强烈的震撼力。它既保留了汉字的古朴风韵，又使汉字焕发出年轻的生命。它蕴涵着深厚的中国传统文化底蕴并体现出鲜明的时代特征，具有极高的艺术性和强烈的民族性，在标志艺术中独领风骚。

1. 单体汉字标志

直接提炼对象名称中最具代表性的字进行设计。

原则：笔画越简单，形态越简洁，结构越单纯的汉字相对比较适合进行设计。

图4-1-1 "与Club"标志设计 三度礼贤设计顾问

图4-1-2 "中华老字号"标志 东道设计

图4-1-3 "惠州市慈善总会"标志 洪卫

图4-1-4 "国民集团"标志 曹耀辉

图4-1-7 "Me Too"标志 陈飞波

图4-1-5 "鼎新文化"标志 薛冰焰

2．组合汉字标志

组合汉字全称或汉字简称为元素进行设计。

原则：除了运用字体单体设计造型外，更可以利用组字之间机密巧妙的关联，形成极富视觉和情趣的整体效果。

方式：笔画造型，汉字整体图形化，局部图形表现，背景图形装饰，连笔字，谐音字等。

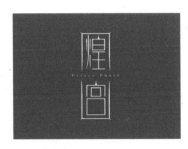

图4-1-8 "煌宫"标志设计

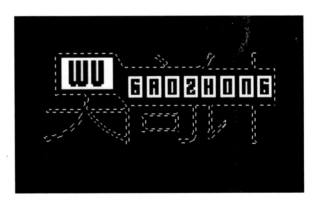

图4-1-9 "吴高钟个人网页"标志 薛冰焰

图4-1-6 "桃花扇"标志 赵清

图4-1-10 "东京北京"标志设计

图4-1-11 "东南海"标志 吴雨哲

图4-1-14 "世界之家"标志设计

图4-1-12 "吴韵汉风——第六届江苏省油画展"标志 徐宝娟

图4-1-15 "童之乐"标志设计 N/A

二、字母标志

特征：表音文字，与形、意无关。

分类：字母单体标志，字母组合标志。

优势：指示性强，紧凑，美观，趣味性强。

原则：不仅要造型美妙，同时要铸造标志的独特个性，避免雷同。达到形、音、意的完美组合。

1．单体字母标志

选用对象名称中的首写字母或对象名称中的主要字母去展开设计。

原则：紧扣主题，采取有效方法，达到与众不同的效果。

图4-1-13 "阿酷娃形象造型工坊"标志设计 意孔呈像

图4-1-16　aphoto网站标志

图4-1-17　2011深圳大运会标志　韩湛宁

图4-1-18　new hope标志

2．组合字母标志

英文全称或英文简称为元素表达标志

原则：风格统一，图形文字相结合，增加标志的感染力。

方式：字母笔画造型塑造、适合于形、空间透视、正负形、一形两意、字母间共性统一、突出个别字母、图形字母符号一体。

图4-1-19　"Mobil"标志　Tom Geismar

图4-1-20　"中央美术学院"标志　陈绍华

图4-1-21　"朗诗"标志设计　陈绍华

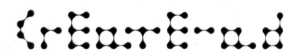

图4-1-22　"开元广告"标志　向阳

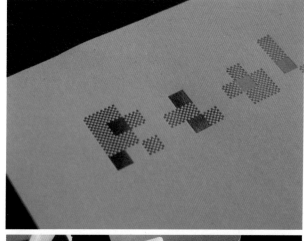

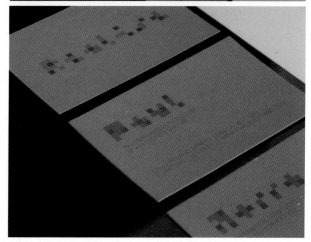

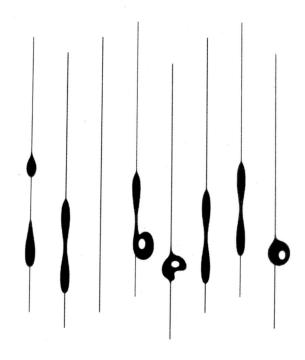

图4-1-24 "Il Bello Hair & Nails" 标志 陈超宏

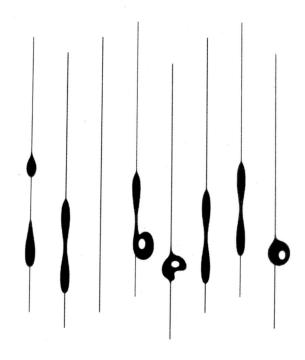

图4-1-23 "Realise Studio" 标志 Matt Pyke / Benwell Sebard

图4-1-25 "Home For The Games" 标志设计 Seven25 Design

图4-1-26 "AVEC" 标志设计 靳与刘设计顾问

图4-1-27 "iio.com" 标志设计

图4-1-28 "talkmore" 标志设计

图4-1-29 "福成会馆" 标志设计

BENEVOLENCE TEMPLE

图4-1-30 "仁心寺" 标志设计 陈烨

图4-1-31 "尚盛" 标志设计 1+1=11设计

图4-1-32 "中国银行90" 标志设计 陈绍华

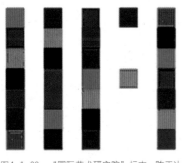

INTERNATIONAL
INSTITUTE
OF
ART

图4-1-33 "国际艺术研究院"标志 陈正达

图4-1-34 国外标志设计

图4-1-35 "LOUD"标志设计 Seven25 Design

图4-1-36 "MTV"标志以其丰富的变化深入人心 Frank Olinsky

第二节 ///// 海报中的字体

海报是张贴在户外的一种独特的媒介形式，通过吸引观众的注意而达到交流和传递信息。无论是在文化、公益海报中，还是在商业海报中，这种艺术的表现形式都发挥了它的巨大作用。与其他设计项目一样，现代海报设计不可缺少的基本的元素是图形、色彩和文字。 海报中的字体设计应做到以下几点：

一、突出文字的个性化特征

海报设计要敢于创新，敢于出奇，根据作品主题的要求，突出文字设计的个性色彩，创造出与众不同的独具特色的字体，给人以别开生面的感受。设计时，要从字的形态特征与组合上进行构思，就好比人的穿着，要根据自己的个性、年龄、体形、季节等去搭配，但不是因为有这些限制，就得春季非穿浅颜色衣服方可，而是要适合，出奇创新，这样才能使其外部形态和内在的还以相吻合，唤起人们对此的美好共鸣。

二、寻找文字的图形化

文字本来就具有图形之美，所以文字的图形化特征，历来是设计时乐此不疲的创作素材。运用文字在海报中设计时，可以从文字的字形、间架结构，从现实的设计生活中，发现最容易变现和被人们理解的行为符号和文字交叉。这种关联结构的形似性，预言的延展性和产生的歧义性以及新的结构赋予汉字特定的含义。

三、巧妙编排文字在海报中的形式

a．面化文字，在二维空间中有机处理。版面中的文字可以根据文字单元的数量和内容进行面积的编排。通过文字的面积大小变化，使大小不同面积的组合，使版面中的文字部分呈现弹性的点、线、面、体的布局，从而为版面创造紧凑、舒展等不同的效果，使广告版式产生节奏、韵律、生动和视觉冲击。

b．文字的编排还应该注意文字本身的字体效果。文图同行时，把不同重点的文字内容用不同的字体来表现，是设计中常用的手法，但字体过多会显得纷杂，而字体过少又会显得单调。所以应就形式而定，以其一种字体为主，而其他为辅，作适当处理。

c．文字的重叠布局。文字与图像之间或文字与文字之间在经过重叠编排后，能够产生空间感、跳跃感、透明感、杂音感，从而使版面产生活跃之感，产生令人注目的效果。但不能大量运用重叠版式，那样会影响阅读的清晰度。如果刻意追求"杂音"的变现手法，体现无序与嘈杂，也要求乱而有序，看似乱而实则别有韵味的视觉效果。

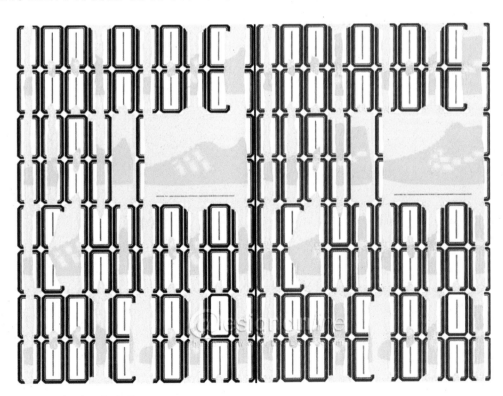

图4-2-1　《Made In China》海报设计　何君

图4-2-2 《Global Warming》海报设计 Norito Shinmura

图4-2-4 国外字体设计 Memo-Random

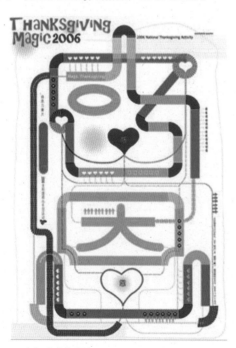

图4-2-3 《感恩》海报设计 Li Gardner

图4-2-5 国外字体设计 Petar Pavlov

图4-2-6 《East Meets West》海报设计 胡逸卿

图4-2-8 《African Film Festival》海报设计 Ralph Schraivogel

图4-2-7 《学做设计》海报设计 蒋华

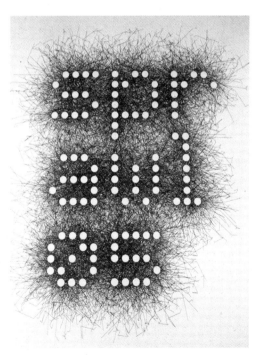

图4-2-9 国外字体设计 Alex robbins

图4-2-10 "DREBBEL" 招贴设计 Nivard Thoes

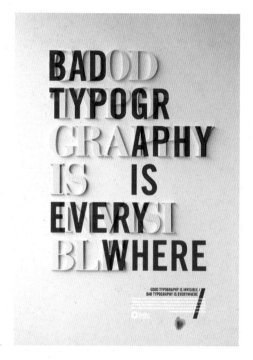

图4-2-11 《Bad Typography Is Everywhere》海报设计 Craig Ward

图4-2-12 《戏剧季度海报02-03》
海报设计 Anette Lenz +
Vincent Perottet

图4-2-13 "fontposter" 招贴设计 Theo Banks

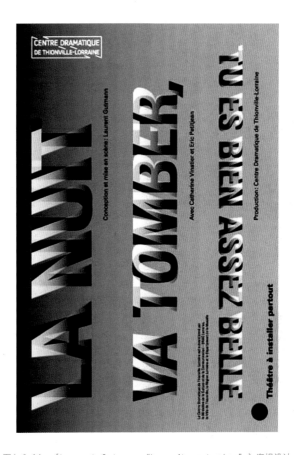

图4-2-14 《Laurent Gutmann, "La nuit va tomber"》海报设计 Andre Baldinger

图4-2-15 《PUMA "Reborn"》海报设计 Notcot In Design

图4-2-16 国外字体设计

图4-2-17 国外字体设计 Jonathan calugi

图4-2-18 国外字体设计

图4-2-19 "40+40海报 第五届国际绘画艺术协会色彩展" MAJID ABBASI

图4-2-21 "a new face for utrecht city theatre" Edenspiekermann

图4-2-20 "90 percent" 招贴设计 Every Ending

图4-2-22 "agideas 2009" 招贴设计 Pidgeon

图4-2-23 "Bulooji" 宣传海报 Lau Cheuk Hang

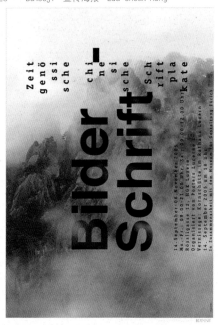

图4-2-24 "Bilder-Schrift" 招贴设计 何见平

图4-2-25 "Boblerne" 宣传海报 A2Graphic

图4-2-26 "Drool Over Design" 招贴设计 Phil LaPier

图4-2-27 "Issey Miyake"招贴系列设计1 sato kashiwa

图4-2-29 "Issey Miyake"招贴系列设计2 sato kashiwa

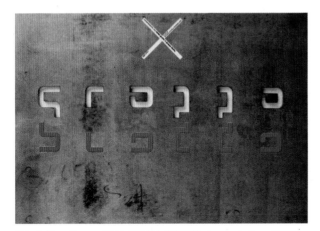

图4-2-28 "Grappa Blotto工作坊"宣传海报 Leonardo Sonnoli

图4-2-30 "Issey Miyake"招贴设计 sato kashiwa

图4-2-31 "城市种子" 海报设计 黑一烊

图4-2-33 "alef主题海报" Oded Ezer

图4-2-32 "Westcott House" Hucklebuck Design Studio

图4-2-34 "DesignCultureNow" 招贴设计 Brad Backofen

图4-2-35　"One week of The Guardian"海报

图4-2-37　"plakat clivio"海报　Pierre Mendell Design Studio

图4-2-36　"流动的家"邀请函设计　BarnbrookDesign

图4-2-38　"美女与野兽——新瑞典设计"海报　Kerr Noble

图4-2-39　"Specimen Poster #2"招贴设计 Nivard Thoes

图4-2-41　"summer of hate poster"　Mike Whybark

图4-2-40　"百花齐放　百家争鸣"招贴设计　詹俊腾

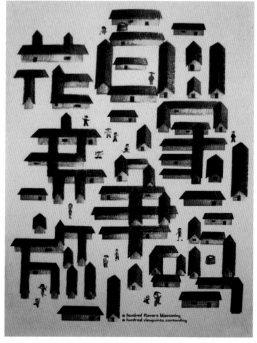

图4-2-42　"百花齐放　百家争鸣"招贴设计　詹俊腾

图4-2-43 "Tokyo Police Club" 海报 N-S-M

图4-2-44　"twentieth century poster"　Robert Bringhurst

图4-2-46　"Type Slam 2009"　招贴设计　Aimee Wang

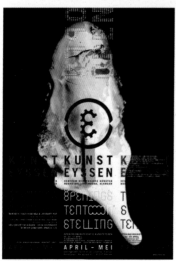

图4-2-45　"KunstEyssen"招贴设计
Nivard Thoes

图4-2-47　"欧创建筑"书籍设计　Nivard
Thoes

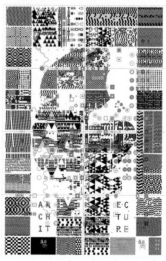

图4-2-48　"KunstEyssene"招贴设计
Nivard Thoes

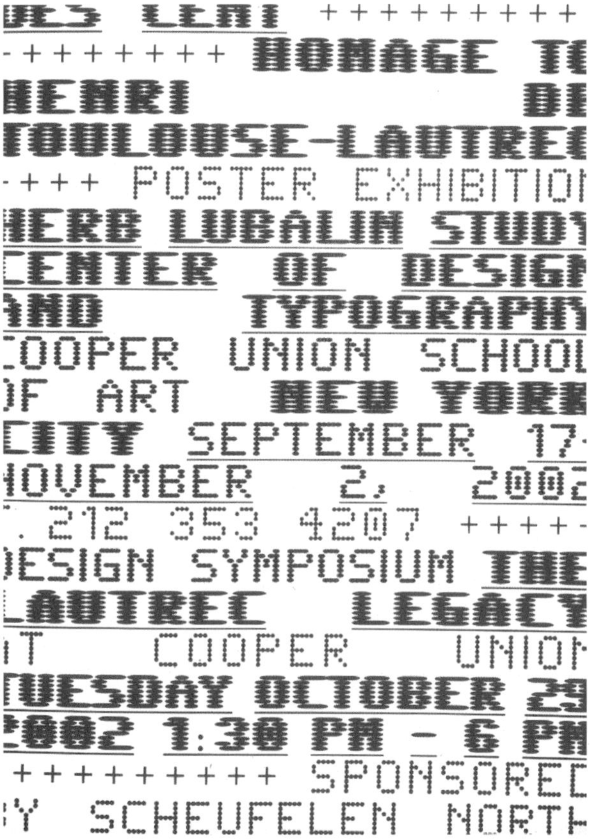

DES LEMI +++++++
+++++++ HOMAGE T
HENRI D
TOULOUSE-LAUTREC
+++ POSTER EXHIBITION
HERB LUBALIN STUDI
CENTER OF DESIGN
AND TYPOGRAPHY
COOPER UNION SCHOOL
OF ART NEW YORK
CITY SEPTEMBER 17
NOVEMBER 2, 2002
212 353 4207 ++++
DESIGN SYMPOSIUM THE
LAUTREC LEGACY
T COOPER UNION
TUESDAY OCTOBER 29
2002 1:30 PM - 6 PM
+++++++ SPONSORED
Y SCHEUFELEN NORTH

图4-2-49 "国外字体设计海报"

Ran Syre

Fotograf und Filmemacher

28. Juni 2002 von 10 bis 16 Uhr

Vortrag Präsentation Diskussion

Bergische Universität Wuppertal

Ecke Haspeler Straße 27,

in der Aula.

图4-2-50 "国外字体设计海报"

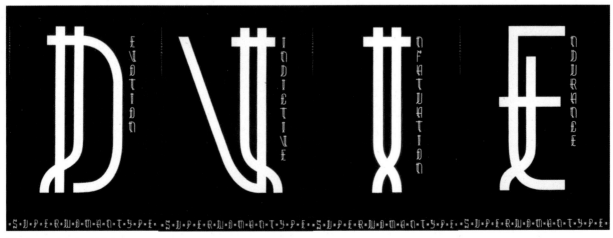

图4-2-51 大女人 刘小康

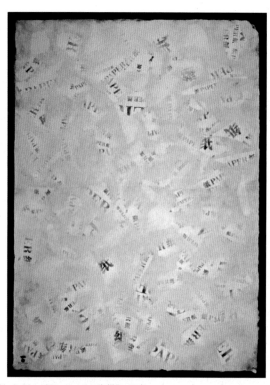

图4-2-52　"Typographic海报"　王序

图4-2-54　"欧洲艺术市场讲座"海报　陈正达

图4-2-53　"艺术家协作海报展"　Shinnoske Sugisaki

图4-2-55　国外字体设计

图4-2-56 "生活加设计系列丛书海报设计" 何见平

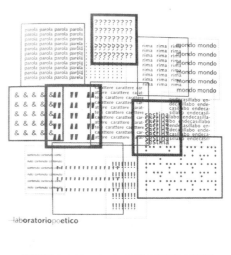

图4-2-58 "为佩扎罗市创作的文化海报" Leonardo Sonnoli

图4-2-57 "织品"宣传海报 Leonardo Sonnoli

图4-2-59 你我他 刘小伟

图4-2-60 "戏剧海报" Len Onando

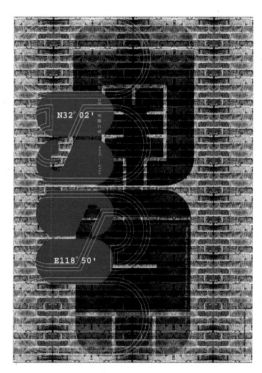

图4-2-62 《0960南京南京》 薛冰焰

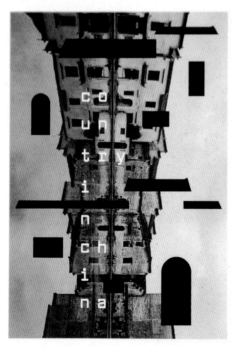

图4-2-61 解构 温金恒

图4-2-63 喜欢街舞男孩的芭蕾舞女演员 Park Kum-jun

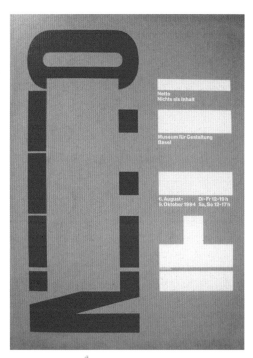

图4-2-64 《没有内涵的纯净值》海报设计 Georg Staehelin

图4-2-66 《形状与素描》海报设计 Georg Staehelin

图4-2-65 志在设计 招贴设计 CoDesign

图4-2-67 黑色音乐印象 温金恒

图4-2-68 dsd_poster

图4-2-70 One Man One LYFE 陈家乐

图4-2-69 国外字体设计

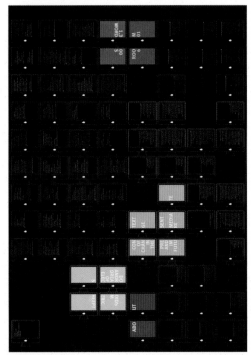

图4-2-71 国外字体设计

第三节 ///// 书籍中的字体

一、封面文字

1. 书名

常用于书名的字体分三大类：书法体、印刷体、变体。

（1）书法体

书法体笔画间追求无穷的变化，具有强烈的艺术感染力和鲜明的民族特色以及独到的个性，且字迹多出自社会名流之手，具有名人效应，受到广泛的喜爱。

图4-3-1 《守望三峡》书籍设计 小马哥、橙子

图4-3-2 《梅兰芳》书籍设计 吕敬人

（2）印刷体

印刷体沿用了规则美术体的特点，早期的印刷体较呆板、僵硬，现在的印刷体在这方面有所突破，吸纳了不规则美术体的变化规则，大大丰富了印刷体的表现力，而且借助电脑使印刷体处理方法上既便捷又丰富，弥补了其个性上的不足。

有些国内书籍刊物在设计时将中英文刊名加以组合，形成独特的装饰效果。刊名的视觉形象并不是一成不变地只能使用单一的字体、色彩、字号来表现，把两种以上的字体、色彩、字号组合在一起会令人耳目一新。

图4-3-3 《不哭》书籍设计 朱赢椿

图4-3-4 《百家》书籍设计 毕学锋

（3）变体

变体又可分为规则变体和不规则变体两种。前者强调外形的规整，点画变化统一，具有便于阅读便于设计的特点，但较呆板。不规则变体则在这方面有所不同。它强调自由变形，无论从点画处理或字体外形均追求不规则的变化，具有变化丰富、个性突出、设计空间充分、适应性强、富有装饰性的特点。

图4-3-5　《TOKYOTO》书籍设计　何见平

图4-3-6　《ZOOM IN　ZOOM OUT》书籍设计

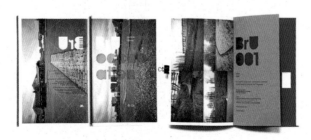

图4-3-7　《BRU》书籍设计

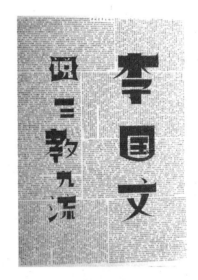

图4-3-8　《李国文说三教九流》书籍设计　小马哥、橙子

图4-3-9　《设计师必读》书籍设计　赵清

图4-3-10　《南头怪事》书籍设计　黄立光

2．广告文字

目前市面上的书籍，为了更好地促销，会加上广告文字，例如名人推荐、获得奖项、作者介绍、宣传语等。

图4-3-11 《青春期》书籍设计 瞿中华

图4-3-12 《坏孩子的天空》书籍设计·刘治治

二、内文

1．标题

标题是指文章或篇的题目。标题反映出书籍的内容结构、层次，版式设计中应注意运用不同的字体及级数使标题排列有序，便于阅读。书籍标题设计时需要注意的问题：a．一本书中，标题应保持统一的规格，遇有多级标题，原则上字号应逐级缩小。如字号

不够选用时，可间用字号相同而字体不同的文字以示区别。b．标题字形不宜变化过多，以免破坏版面的整体感。c．标题中一般不用标点符号，如句子较长，中间有语气停顿，可用对开的标点符号，标题末尾不应排标点。d．标题不能排在版面末尾，尤其注意不要排在单页版面末尾，否则会造成标题与内容脱节的感觉。遇到这种情况应当采用缩面、缩行或另面起等方法来处理。

图4-3-13 《不哭》书籍设计 朱赢椿

图4-3-14 书籍设计 蒋华

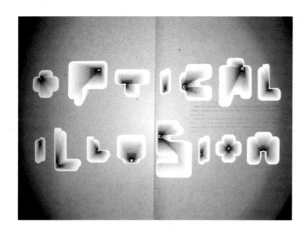

图4-3-15 书籍设计 异孔呈像

图4-3-16 《在德国学习平面设计》书籍设计

2. 页码

对于整本书籍来说实在小之又小，但是它的存在不仅仅局限于其检索、计量的功能，也关乎着整本书的审美，影响着书籍的整体性。现代人读书不仅仅是为了获取知识，在获取知识之余也在追求阅读的乐趣，感受书卷气，所以小小的页码也是书记整体设计中重要的一个细节。

在页码字体设计上，我们应该从以下两个方面考虑：

（1）书籍的性质，书籍的性质决定着整本书的风格，所有的设计都是为了更好地将书籍的内涵通过视觉或触觉展现给读者，页码更是不能偏离这一中心。

（2）书籍的正文字体，正确处理正文字体与页码字体的关系也是极为重要的，既要有区别又要有统一。

图4-3-17 页码设计

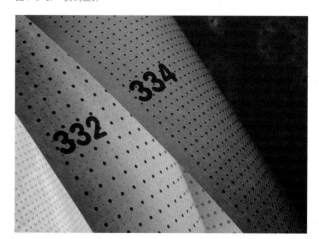

图4-3-18 页码设计

图4-3-19 《南京艺术学院校册》书籍设计 薛冰焰

3. 正文

正文是书籍内容的主体，是书籍的核心，因此在设计正文的时候必须在形式上和标题、描述性的文字有所区别。无论在字号、字体、字距、行距、颜色等处理上都要体现这一原则，不宜过于花哨，要适合人们的阅读。

正文不一定限用一种字体，但原则上以一种字体为主，他种字体为辅。在同一版面上通常只用两至三种字体，过多就会使读者视觉感到杂乱，妨碍视力集中。书籍正文用字的大小直接影响到版心的容字量。在字数不变时，字号的大小和页数的多少成正比。一些篇幅很多的廉价书或字典等工具书不允许出得很大很厚，可用较小的字体。相反，一些篇幅较少的书如诗集等可用大一些的字体。一般书籍排印所使用的字体，9P～11P的字体对成年人连续阅读最为适宜。8P字体使眼睛过早疲劳。但若用12P或更大的字号，按正常阅读距离，在一定视点下，能见到的字又较少了。大量阅读小于9P字体会损伤眼睛，应避免用小号字排印长的文稿。儿童读物须用36P字体。小学生随着年龄的增长，课本所用字体逐渐由16P到14P或12P。老年人的视力比较差，为了保护眼睛，也应使用较大的字体。

图4-3-20 《物质/非物质》书籍设计 小马哥、橙子

图4-3-21 《张金利的故事》书籍设计 黄立光

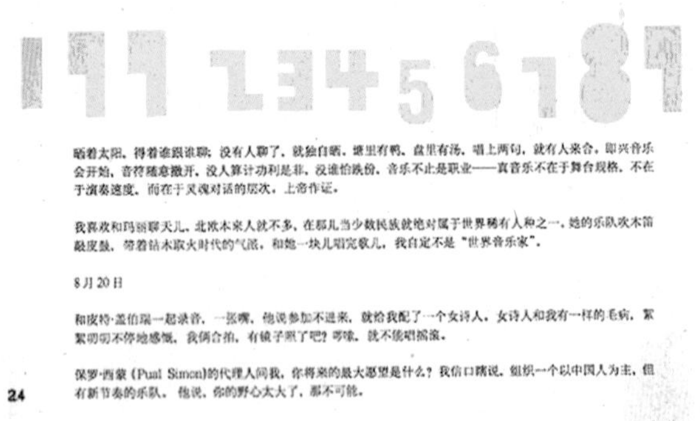

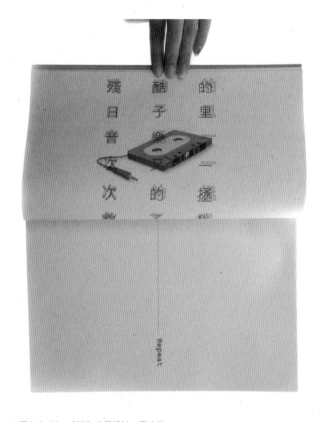

晒着太阳，得着谁跟谁聊；没有人聊了，就独自晒。塘里有鸭，盘里有汤，唱上两句，就有人来合，即兴音乐会开始，音符随意撒开，没人算计功利是非，没谁怕跌份，音乐不止是职业——真音乐不在于舞台规格，不在于演奏速度，而在于灵魂对话的层次，上帝作证。

我喜欢和玛丽聊天儿，北欧本来人就不多，在那儿当少数民族就绝对属于世界稀有人种之一，她的乐队吹木笛敲皮鼓，带着钻木取火时代的气派，和她一块儿唱完歌儿，我自定不是“世界音乐家”。

8月20日

和皮特·盖伯瑞一起录音，一张嘴，他说参加不进来，就给我配了一个女诗人，女诗人和我有一样的毛病，絮絮叨叨不停地感慨，我俩合拍，有镜子照了吧？哼哈，就不能唱摇滚。

保罗·西蒙（Pual Simon）的代理人问我，你将来的最大愿望是什么？我信口胡说，组织一个以中国人为主，但有新节奏的乐队，他说，你的野心太大了，那不可能。

24

图4-3-22 《醉态》书籍设计 刘治治

图4-3-24 《RE》书籍设计 薛冰焰

4. 说明文字

在图文并茂的书籍中，会出现用于传达图片的说明信息的说明性的文字。说明性的文字首先应该在大小上与标题性的文字和引文相区别，在设计时，图片的说明文字和正文在字体上也应有所区分，甚至包括倾斜度。

图4-3-23 《私想者》书籍设计 朱赢椿

5. 目录

目录是全书内容的纲领。它显示出结构层次的先后。设计要求条理清楚，能够有助于迅速了解全书的层次内容。

目录一般放在扉页或前言的后面、也有放在正文之后。目录的字体大小与正文相同。大的章节标题可适当大一些。过去的排列总是前面是目录，后面是页码，中间用虚线连接，下排列整齐。现在的方法越来越多，除了原来的方法外，还采用竖排。从目录到页码中的虚线被省去，缩短两者间的距离，或以开头取齐。或以中间取齐，或条引和加上线条，作为分割用。目录的排列也不都是满版，而作为一个面根据书装整体设计的意图而加以考虑。

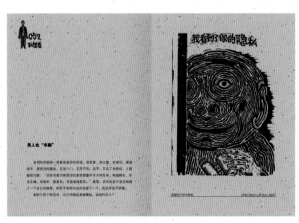

有的设计讲究的画册和杂志。在空白处加上合乎构图需要的小照片、插图和图充实内容。增加美观程度和提高视觉的兴趣性。

图4-3-25 《吃心不改》书籍设计 午夜阳光平面设计

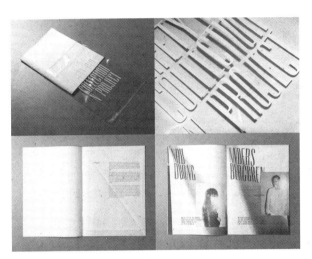

图4-3-27 "N Project" 书籍设计

图4-3-28 "nike" 书籍设计 JOYNVISCOM

图4-3-26 《目录设计》

图4-3-29 《速写》书籍设计 陈飞波

图4-3-30 "Studie Handboka" 书籍设计 Your Friends

图4-3-32 《601美术书2008》 Park Kum-jun

图4-3-31 The Last Magazine Frost Design

图4-3-33 《圆梦》书籍设计 陈超宏

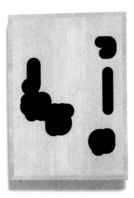
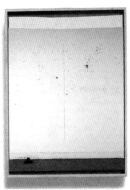

图4-3-34 《南艺成教院08毕业作品集》书籍设计 薛冰焰　　　　　图4-3-35 《一根筋》书籍设计 小马哥 橙子

第四节 ///// 包装中的字体

包装上的字体设计分为以下三种：

第一种是基本字体，包括品名、牌号，生产厂家及地址名称，这些是包装的主要字体。品名、牌号一般安排在包装的主要展示面上，造型变化独特、色彩丰富，主要以中文字体为主，老宋、仿宋、黑体以及变体字体均可，但要求内容明确，造型优美，个性突出，易于辨认，创新新鲜，富于现代感等特征。生产厂家及地址名称一般编排在侧面或者背面，字体的应用选用比较规范的标准印刷字体。

图4-4-2 "北国米"包装设计 朱锷

图4-4-1 "可口可乐中文"包装设计 陈幼坚

图4-4-3 "纯一宝烧酎"包装设计 Satoh Taku

图4-4-4 "NIAGARA" 包装设计 Hattomonkey

图4-4-5 "老舍茶馆" 包装设计 东道设计

第二种是各种广告性的促销字体，用作宣传产品内容物特点的推销性字体。如"新品"、"买一送一"、"鲜香松脆"等，可以起到促销作用。这类字体内容诚实、简洁、生动、色彩鲜艳，设计与编排自由活泼、醒目，但并不是每件包装上都必须具备的。

图4-4-6 "无印良品饮料" 包装设计 KENYA HARA

第三种是各种说明性的字体设计。包括产品成分、容量、型号、规格、产品用途、用法、生产日期、保质期、注意事项等，这些字体内容简明扼要，一般编排在包装的侧面或者背面，字体应用规则的印刷字体，设计者主要是运用各种方法将它们有序地进行编排。

图4-4-7 "DyDo饮料" 包装设计

图4-4-8 "Malin+Goetz" 洗浴系列包装设计 Default

通过我们的设计，要使文字既具有充分传达信息的功能，又与产品形式、产品功能；消费者的审美观念达到和谐统一。有以下几项原则：

（1）要符合包装的总体设计要求：包装的总体设计是造型、构图、色彩、字体等的总体体现，字体的种类、大小、结构、表现技巧和艺术风格都要服从总体设计，要加强文字与产品总体效果的统一与和谐，不能片面地突出文字。

（2）选用字体种类不能过多：一个包装画面，或许需要几种字体，或许中、外文并用，一般字体的组合应限于三种之内，过多的组合，会破坏总体设计的统一感，显得烦琐和杂乱；任意的组合，追求刺激，会破坏协调与和谐。

（3）字体应具有时代感：字体都反映一定的年代，若能与产品内容协调，会加深对产品的理解和联想。如篆体、隶体、有强烈的古朴感，显示中华民族悠久的历史，用于"传统食品"、"土特产"等包装就很得体，而用于现代工业品，则与产品的现代感大相径庭，此时应用现代感较强的字体，如等线体、美术字等就很协调。

（4）要结合产品特点：包装文字是为美化包装、介绍产品、宣传产品而选用的。文字的艺术形象不仅应有感染力，而且要能引起联想，并使这种联想与产品形式和内容取得协调，产生统一的美感，如有些化妆品用细线体突出牌名与品名，能给人以轻松、优雅之感。

（5）文字排列尽量多样化：字体排列是构图的重要方面，排列多样化可使构图新颖、富于变化。包装文字的排列可以从不同方向、位置、大小等方面进行考虑，常见的排列有：竖排、横排、圆排、斜排、跳动排、渐变排、重复排、交叉排、阶梯排等多种。排列多样化应服从于整体，应使文字与商标、图案等互相协调，使之雅俗共赏，既有新意又符合大众习惯。

（6）应具有较强的视觉吸引力：包括艺术性和易读性，前者应在排列和字上下工夫，要求排列优美紧凑、疏密有致，间距清新又有变化，字形大小、粗细得当，有一定的艺术性，能美化构图。一般字数少者，可在醒目上下工夫，以突出装饰功能；字数多者，应在阅读效率上着力，常选用横画比竖画细的字体，以便于视线在水平方向上流动。

图4-4-9 "普洱茶"系列包装设计 马深广

图4-4-12 "Lola's Kitchen"系列包装设计 Campbell Hay

图4-4-10 "梅酒"系列包装设计 北川一成

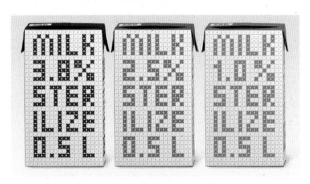

图4-4-11 "牛奶系列"包装设计 Hattomonkey

图4-4-13 "UNO"系列包装设计 Shin Matsunaga

图4-4-14　"Bogoi"包装设计Jop Quirindongo

图4-4-15　国外包装设计

图4-4-17　国外包装设计

图4-4-16　国外包装设计

图4-4-18　国外包装设计

图4-4-19 "黔枝御叶茶" 包装设计 共同设计

图4-4-21 巧克力包装 Asylum Creative

图4-4-22 "Local Talk" CD包装 Network Osaka

图4-4-20 巧克力包装 DossierCreative

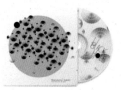

图4-4-23 "Black Hole" CD包装 EMPK

课题训练

1. 标志字体训练

A. 用所学的标志字体的方法，设计本学校中文名称字体一款，并配以适合英文字体；

B. 用所学的标志字体的方法，为某款现有标志设计标准中文字体一款，并配以适合英文字体。

2. 海报字体训练

选择一首唐诗，以之为主题创作一张海报，一般为五言绝句或七言绝句，借鉴诗歌中的意境对文字进行字形的创意设计。

（1）汉字单体必须具有良好的空间结构，与海报中的图形、色彩相适应，整幅海报风格和谐一致；

（2）创意新颖，不能以字库字体进行简单的投影、加黑、填充处理；

（3）作品要求艺术性与实用性相结合，提倡注重实用效果，适合印刷及阅读，符合汉字字型规范；

（4）字形也可以以电脑字库中的常用字体笔画骨格为原形进行合并同类项式地设计，如设计成宋隶、宋黑等。

3. 书籍字体训练

以《古诗十九首》为题，进行书籍设计，要求对封面、标题、页码进行字体创意设计，至少12页，开本不限。

4. 包装字体训练

选择某种饮料，根据其瓶形，设计饮料的中文字体及瓶贴形状，使其能够和瓶形融为一体。

第五节 //// 结语

文字是人类文化的重要组成部分。无论在何种视觉媒体中，文字和图片都是其两大构成要素。文字排列组合的好坏，直接影响其版面的视觉传达效果。因此，文字设计是增强视觉传达效果，提高作品的诉求力，赋予作版面审美价值的一种重要构成技术。

在计算机普及的现代设计领域，文字的设计的工作很大一部分由计算机代替人脑完成了（很多平面设计软件中都有制作艺术汉字的引导，以及提供数十上百种的现成字体）。但设计作品所面对的观众始终是人脑而不是电脑，因而，在一些需要涉及人的思维的方面电脑是始终不可替代人脑来完成的，例如创意、审美之类。

在最后，特别提醒一下，同学们在进行字体设计时要切记的几个原则。

一、文字设计的原则

1. 文字的可读性

文字的主要功能是在视觉传达中向大众传达作者的意图和各种信息，要达到这一目的必须考虑文字的整体诉求效果，给人以清晰的视觉印象。因此，设计中的文字应避免繁杂凌乱，使人易认、易懂，切忌为了设计而设计，忘记了文字设计的根本目的是为了更好、更有效地传达作者的意图，表达设计的主题和构想意念。

2．赋予文字个性

文字的设计要服从于作品的风格特征。文字的设计不能和整个作品的风格特征相脱离，更不能相冲突，否则，就会破坏文字的诉求效果。 一般说来，文字的个性大约可以分为以下几种：

（1） 端庄秀丽。这一类字体优美清新，格调高雅，华丽高贵。

（2） 坚固挺拔。字体造型富于力度，简洁爽朗，现代感强， 有很强的视觉冲击力。

（3） 深沉厚重。字体造型规整，具有重量感，庄严雄伟，不可动摇。

（4） 欢快轻盈。字体生动活泼， 跳跃明快， 节奏感和韵律感都很强， 给人一种生机盎然的感受。

（5） 苍劲古朴。这类字体朴素无华， 饱含古韵， 能给人一种对逝去时光的回味体验。

（6） 新颖独特。字体的造型奇妙，不同一般，个性非常突出，给人的印象独特而新颖。

3．在视觉上应给人以美感

在视觉传达的过程中，文字作为画面的形象要素之一，具有传达感情的功能，因而它必须具有视觉上的美感，能够给人以美的感受。字形设计良好，组合巧妙的文字能使人感到愉快，留下美好的印象，从而获得良好的心理反应。反之，则使人看后心里不愉快，视觉上难以产生美感，甚至会让观众拒而不看，这样势必难以传达出作者想表现出的意图和构想。

4．在设计上要富于创造性

根据作品主题的要求，突出文字设计的个性色彩，创造与众不同的独具特色的字体，给人以别开生面的视觉感受，有利于作者设计意图的表现。设计时，应从字的形态特征与组合上进行探求，不断修改，反复琢磨，这样才能创造出富有个性的文字，使其外部形态和设计格调都能唤起人们的审美愉悦感受。

二、文字的组合

文字设计的成功与否，不仅在于字体自身的书写，同时也在于其运用的排列组合是否得当。如果一件作品中的文字排列不当，拥挤杂乱，缺乏视线流动的顺序，不仅会影响字体本身的美感，也不利于观众进行有效的阅读，则难以产生良好的视觉传达效果。要取得良好的排列效果，关键在于找出不同字体之间的内在联系，对其不同的对立因素予以和谐的组合，在保持其各自的个性特征的同时，又取得整体的协调感。为了造成生动对比的视觉效果，可以从风格、大小、方向、明暗度等方面选择对比的因素。

但为了达到整体上组合的统一，又需要从风格、大小、方向、明暗度等方面选择协调感相同的因素。将对比与协调的因素在服从于表达主题的需要下有分寸的运用，能造成既对比又协调的、具有视觉审美价值的文字组合效果。文字的组合中，应该注意的是：人们的阅读习惯文字组合的目的，是为了增强其视觉传达功能，赋予审美情感，诱导人们有兴趣地进行阅读。因此在组合方式上就需要顺应人们心理感受的顺序。

下面，列出人们的一般阅读顺序。

1．水平方向：人们的视线一般是从左向右流动；垂直方向时，视线一般是从上向下流动；大于45度斜度时，视线是从上而下的；小于45度时，视线是从下向上流动的。

2．字体的外形特征：不同的字体具有不同的视觉动向，例如：扁体字有左右流动的动感，长体字有上下流动的感觉，斜字有向前或向斜流动的动感。因此在组合时，要充分考虑不同的字体视觉动向上的差异，而进行不同的组合处理。比如：扁体字适合横向编排组合，长体字适合作竖向的组合，斜体字适合作横向或倾向的排列。合理运用文字的视觉动向，有利于突出设计的主题，引导观众的视线按主次轻重流动。

3．要有一个设计基调：对作品而言，每一件作品都有其特有的风格。在这个前提下，一个作品版面上的各种不同字体的组合，一定要具有一种符合整个作品风格的风格倾向，形成总体的情调和感情倾向，不能各种文字自成一种风格，各行其是。总的基调应该是整体上的协调和局部的对比，于统一之中又具有灵动的变化，从而具有对比和谐的效果。这样，整个作品才会产生视觉上的美感，符合人们的欣赏心理。除了以统一文字个性的方法来达到设计的基调外，也可以从方向性上来形成文字统一的基调，以及色彩方面的心理感觉来达到统一基调的效果，等等。

4．注意负空间的运用：在文字组合上，负空间是指除字体本身所占用的画面空间之外的空白，即字间距及其周围空白区域。文字组合的好坏，很大程度上取决于负空间的运用是否得当。字的行距应大于字距，否则观众的视线难以按一定的方向和顺序进行阅读。不同类别文字的空间要做适当的集中，并利用空白加以区分。为了突出不同部分字体的形态特征，应留适当的空白，分类集中。

在有图片的版面中，文字的组合应相对较为集中。如果是以图片为主要的诉求要素，则文字应该紧凑地排列在适当的位置上，不可过分变化分散，以免因主题不明而造成视线流动的混乱。创意是设计者的思维水准的体现，是评价一件设计作品好坏的重要标准。